KB069390

정중 무상선사 존영

Jeongjung Musang (680–756, alt. 684–762)

Gim hwasang alias, Jin heshang (Korean: 김화상; 金和尚) also known in Chinese as Wuxiang (Korean: 정중무상; Hanja: 浄衆無相; pinyin: Jingzhòng Wūxiāng (Korean: 무상; Hanja: 無相), was a Korean master of Zen Buddhism who lived in Sichuan, China, whose form of Zen teaching was independent of East Mountain Teaching and Huineng. His teachings were amongst the first streams of Zen Buddhism transmitted to Tibet. He was Korean–Chinese Zen master of the Tang dynasty; because he was of Korean heritage, he is usually called Musang in the literature, following the Korean pronunciation of his dharma name, or Master Kim (K. Kim hwasang; C. Jin heshang), using his Korean surname. Musang is said to have been the third son of a Silla king and was ordained in Korea at the monastery of Kunnamsa. In 728, he arrived in the Chinese capital of Chang'an (present-day Xi'an) and had an audience with the Tang emperor Xuanzong (r. 712–756), who appointed him to the monastery of Chandingsi. Musang subsequently traveled to Chu (in presentday Sichuan province) and became a disciple of the monk Chuji (alt. 648–734, 650–732, 669–736), who gave him dharma transmission at the monastery of Dechunsi in Zizhou (present–day Sichuan province). He later resided at the monastery of Jingzhongsi in Chengdu (present–day Sichuan province; later known as WANFOSI), which gave him his topony m Chŏngjung (C. Jingzhong). Musang became famous for his ascetic practices and meditative prowess. Musang also began conferring a unique set of precepts known as the three propositions

(SANJU): "no recollection" (wuji), which was equated with morality (ŚĪLA); "no thought" (WUNIAN) with concentration (SAMĀDHI); and "no forgetting" (mowang) with wisdom (PRAJNĀ). He also taught a practice known as YINSHENG NIANFO, a method of reciting the name of the Buddha by extending the length of the intonation. Musang's prosperous lineage in Sichuan came to be known as the JINGZHONG ZONG line of Chan. Musang seems to have taught or influenced several renowned Zen monks, including HEZE SHENHUI (668–760), BAOTANG WUZHU (714–774), and MAZU DAOYI

(707–786); he also played an important role in trans

mitting Zen to Tibet in the 750s and 760s.

Zen Buddhism was introduced to the Nyingma school of Tibetan Buddhism in three principal streams: the teachings of Kim Hwashang transmitted by Sang Shi in c750 CE; the lineage of Baotang Wuzhu was transmitted within Tibet by Yeshe Wangpo; and the teaching of Moheyan, which were a synthesis of the East Mountain and Baotang schools. Furthermore Striving asceticism in the mountains all through the day and night, he broke through the bonds of earthly attachments and finally became an arhat, a liberated being. Arhat, (Sanskrit: "one who is worthy", Pali arahant, "in Buddhism, a perfected person") is one who has gained insight into the true nature of existence and has achieved nirvana (spiritual enlightenment). The arhat, Jeongjung Musang having freed himself from the bonds of desire is an outstanding Zen master from Korea.

淨衆無相行蹟頌
정중무상행적송

정중무상행적송
淨衆無相行蹟頌

서울, 한국
2020

SONG

FOR

ARHAT JEONGJUNG MUSANG

Zen Master, Won–Gyeong

Buddhist Jeongjung Order
For
Purifying All Beings

SEOUL, KOREA
2020

정중무상행적송

이상원

주제어

붓다, 무상, 정중종, 아라한, 왕자, 삼구,
무상오경전, 김화상, 삼학, 두타행, 무억,
무념, 막망, 인성염불, 처적, 지선, 신라,
총지문, 어하굴, 티베트, 수행, 정중선법,
대자사, 영국사, 보리달마, 선, 염불삼매

서울, 2020년, 10월

SONG FOR ARHAT JEONGJUNG MUSANG

Korean Zen master

by Lee, SangWon

zenlotus3@gmail.com

Writer's Words

This Book is 『SONG FOR ARHAT JEONGJUNG MUSANG』.
He was known as Gim hwasang, Korean–Chinese Zen
master of the Tang dynasty. His teachings were amongst
the first streams of Zen Buddhism transmitted to Tibet.

자서

동아시아 불교사에서 신라의 무상 김화상은 독특한 위치를 차지한다. 일찍이 중국 당나라에 유학하여 정중종을 개창하시고 뛰어난 선승으로서 티베트에도 부처님의 바른 가르침을 전파하셨다.

인성염불로 쉽게 민중을 이끌어 무억, 무념, 막망, 삼무의 총지법을 교설하시어 깨달음으로 인도하셨다. 또한 보기 드문 혹독한 두타의 수행으로 오백 나한의 반열에 드셨다. 그동안 천이백여 년의 시공을 초월하여 그 발자취가 희미할 뿐만 아니라 기록으로 남아 전하는 행적이 한정되어있는 까닭에 애석한 마음을 가눌 길이 없었다.

하지만 그 존숭하는 심법이 깊고 깊어 문자를 떠난 격외의 소식은 마음에서 마음으로 전하여 전등의 빛나는 불빛이 잠시도 꺼진 적이 없다. 지금 여기 바로 화상께서 한 물건을 들어 만방에 거량하시니 삼가 씨줄과 날줄로 엮어 화상의 행적송이라 감히 칭송하여 세상에 펴낸다.

두 어깨가 무겁고 참담하나 어찌 선사의 거룩한 행적을 더럽히랴. 살얼음을 디디는 심정으로 부끄러움을 무릅쓰고 펼쳐드니 눈물이 흘러 산하를 적시고, 그 죄업은 감당할 수 없어 삼가 엎드려 제방의 경책을 기다린다.

세존께서 정각을 이루신 뒤에 달마의 선법이 면면히 동국에까지 닿았으니 그 은혜가 넘쳐흐르는구나. 다시 더 무엇을 두려워하랴. 마하반야바라밀 나무석가모니불.

불기 2564년 동지절,
법손 원경 합장

목차

서품

아, 세존은 인천의 스승이시니
영원한 지혜의 법륜이 굴렀네.

인도의 석가모니 부처님을 이어
이십칠대 제자 반야다라 존자는
보리달마에게 수계하며 말하였다.

일체의 세속의 생각을 끊어라.
일체의 선과를 닦아 이루어라.
일체의 중생을 널리 제도하라.

존자를 마흔해 동안 시봉하다가
동쪽 중국으로 전법에 나서니
불교 선종의 종조인 달마대사여,

당시에 '불심천자'라 일컬으니
신심이 돈독한 양나라 무제와
법을 거량하고 크게 실망하였네.

초조 달마대사가 탄식해 말씀하길,

"아직 법을 전할 때가 아니로다."

이에 일체 중생과 인연을 끊고서
구년 동안 묵언 면벽 수행에 들어
존자로 깨달음의 의발 전해 받았네.

불법의 스승인 오백나한 가운데
첫 번째는 석가모니 부처님이고
삼백일곱 번째는 초조 달마대사

사백쉰다섯 번째는 무상화상으로
바로 우리 정중종의 종조이시다.

일찍이 당나라에 들어가셔서
신라 김화상으로 이름이 나고

입적 후에는 선종의 대선사로서
무상공존자로 높이 추앙받았네.

인성염불과 삼구설법으로 개당 후
정중선의 일미를 크게 떨치시고서

서역 티베트에도 처음 불법을 전하니
티베트 고대 사서인 바세전에 따르면,

토번왕 사절이 당나라 장안에 들어와
히말라야로 돌아가는 길에 호랑이를
이끌고 가시던 무상 김화상을 뵈었네.

당시 토번왕국 티송죽첸 왕이 암살되고
뵌교 무리가 불교를 가혹하게 탄압하여
사원을 파괴하고 스님을 추방하였네.

익주에 보림한 화상을 뵙고 돌아가니
화상께서는 몸소 지관수행을 설하셨네.

또 사절단이 새로이 불법을 받들어서
홍포하게 십선경과 금강경과 도간경,
세 가지 경전을 강설하고 전해주셨네.

또 티베트왕이 죽고 불교를 핍박해도
나중에 새로 왕조가 다시 들어서면
불교를 받아들일 것도 예언하셨다네.

그 후 치송데첸 왕이 즉위하고 나자
티베트 토착종교인 뵌교를 몰아내고
드디어 불교를 국교로 공인하였네.

곧 위대한 부처님의 바른 가르침이
히말라야 설산을 빛나게 장엄하므로
과연 화상이 예언한대로 들어맞았네.

그때 최초로 불, 법, 승 삼보를 갖춘
티베트 불교 쌍예사원에서 파견되어
세르난이 당나라에 사신으로 왔구나.

무상화상의 법을 전수받았을 뿐 아니라
또 불조의 혜명이 동국에 면면히 이어져
해 뜨는 동해에 감로수가 되어 적셨네.

참으로 청정한 구도자이자 수행자여,

동국 신라 해동대사이신 김화상께서
부처님 바른 법을 정맥으로 이으셨네.

속성은 김씨로 아호는 송계이며
법호는 무상으로 신라왕족이시니

성덕왕의 셋째 왕자로 태어나셨네.

누이가 드디어 혼기가 다 되어서
칼로 스스로 얼굴에 상처를 내고,

도를 찾고자 굳세게 결단하고서
속가를 떠나 불가에 귀의하려니

화상께서 발심하여 말씀하시길,

"아녀자도 도를 찾고자 하는데
어찌해 대장부로서 머뭇거리랴."

일찍 세존께서 게송을 지어 전하길,

탐욕과 성냄과 두려움과 어리석음,
이런 악행을 행하지 않는 사람은

명예가 나날이 더하여 가는 것이
마치 달이 보름을 향하는 것 같네.

부처님께 귀의하는 모든 이들
악한 속세에 떨어지지 않나니,

이 세간에 인간의 형상을 벗고
하늘의 청정한 몸을 받는구나.

나 이제 겸손한 길로 찾아들어가
부처님의 법을 바로 세우기 위해
악의 무리를 마땅히 물리치리라.

마치 코끼리가 덤불을 부수듯이
생각은 전일하여 방일함이 없고,

청정한 계율을 두루 지키면서
뜻을 정하고 스스로 선정에 들어
불법의 대의를 잘 보호하리라.

만일 늘 바른 법 가운데 있어
능히 방일하지 않는 수행자는,

태어나 늙고 병 들어서 죽고 마는
윤회를 벗어나 생멸문을 넘어가
길이 괴로움의 근본을 다하리라.

모든 제자는 부처님의 가르침대로

마땅히 부지런히 정진해야 하리라.

온갖 탐욕과 집착을 끊어버리고
털끝 한 올도 벗어나지 않으리라.

무상화상께서 한 생각을 깨치시고
깨달음을 얻어 부처를 이루고자
이에 차마 부왕의 뜻을 저버리고

불국토인 신라왕국 군남사에서
출가하여 축발하고 득도하신 뒤,

바다 건너 당나라에 들어가시니
개원 십육 년 칠백이십구 년이로다.

당나라 수도 장안에 도착하시니
이 무렵 선종의 꽃이 피어났는데
혜능 남종선과 신수 북종선이라.

당 현종이 친히 화상을 영접하여
선정사에 고요히 머무시게 하였네.

이윽고 장안을 홀연히 떠나서

촉나라 땅 자중에 들어가시니

선종의 오조 홍인의 제자로서
신수, 혜능과 같은 법 형제로다.

역대법보기에 선종의 오조 홍인
그 문하에 걸출한 십대제자 중

자주에서 주석하던 지선스님은
촉나라 땅 사천성을 중심으로,

지선, 처적, 무상, 무주로 법맥을
계승하였다는 기록이 남아 전하네.

이 무렵 지선선사를 찾아뵈오니
당시에 입실 제자로 수행하였던
처적화상에게 부촉해 안배하였네.

이에 사천성 덕순사를 찾아가니
병을 핑계로 만나주지 않으시자,

화상은 손가락 하나를 태워서
지성으로 연지 공양을 올렸네.

처적화상이 그 신심을 알고서
사중에 머물며 도를 전하시니,

처적화상의 문하에 입실한 뒤에
마침내 무상이란 법명을 얻었네.

정중종 종조이신 무상 김화상은
당화상 처적의 문하에서 발심해,

이태 동안 용맹하게 정진한 뒤
천곡산에 들어가서 수행하셨네.

홀로 심산 유곡인 어하굴에서
속세를 떠나 두타행을 닦았네.

좌선하면 닷새 동안 입정하여
눈보라 치는 매서운 겨울에도
찬 바위에 앉아 수행에 힘썼네.

한때는 두 마리의 맹수가 덮치자
개울물로 몸을 깨끗이 씻고 난 뒤
가사를 벗고 맹수 앞에 누우셨네.

잡아먹기를 고요히 기다리시니
맹수는 머리끝부터 발끝까지
냄새만 맡고 홀연히 사라졌다네.

며칠 동안 선정삼매에 고요히 들자
맹수가 감복하고 법신을 호위하였네.

그 후에 가까운 도성으로 가서
낮에는 무덤가에서 입정하시고,

밤에는 나무 밑에서 좌선하시며
먹지도 자지도 않고 정진하셨네.

두타행으로 점차 이름이 드러나
대중이 감복하여 정사를 지어서
무상 김화상을 머무르게 하였네.

드디어 당시 세간에 명성이 높아
당나라 황실에서 화상을 청하시니,

현령 양익이 깊은 도력을 시기하여
무뢰한으로 위해를 가하려고 하자,

홀연 신비로운 변괴가 크게 일어
모래와 자갈과 돌들이 어지럽게
한 바람에 뒤섞여서 휘몰아치니,

놀라서 뉘우친 양익이 사죄하자
비로소 거센 바람이 멈추었다네.

그 후 양익이 화상을 흠모하여
정중사, 대자사, 보리사, 영국사
대가람을 짓도록 힘껏 도왔네.

무상화상이 정중사에 머물 때
나무하는 일꾼이 문득 이르길,

"곧 길손이 찾아올 게 분명하니
화상 곁에 머물겠다"고 말하더라.

화상께서 신라의 자객이 와서
죽이려 하는 걸 미리 아셨는데
평소처럼 깊이 좌선에 들더니,

밤에 갑자기 천정에서 떨어져서

일꾼의 칼에 맞아죽고 말았구나.

사찰 앞마당에 떡갈나무가 있어
화상이 제자에게 예언하시기를,

"이 나무와 탑이 장차 변을 당하리라."

그 뒤에 무종이 폐불을 단행하더니
절의 나무와 탑이 과연 무너졌구나.

화상이 절 앞 두 연못을 가리키며
왼쪽은 국이고, 오른쪽은 밥이라,

말씀하시더니 시주가 들지 않는 날,

연못에 고인 물을 모두 퍼내게 하면
누가 때맞춰 공양거리를 가져왔더라.

화상께서 세수 일흔아홉이신 해,
정중사에서 드디어 열반하신 뒤
무종은 폐불을 단행하고 말았네.

정중사에 매달려 있던 큰 종을

강 건너에 있는 대자사로 옮기고
선종 때 다시 정중사로 옮겨왔네.

이틀이 걸리는 불사를 시작하니
단번에 쉽게 옮길 수가 있었더라.

범종을 이운하던 한 도감 승려가
무상화상 사리탑을 예로 참배하니
신기하게도 석탑에 땀이 서렸다네.

이미 백년 전에 입적하신 무상화상
신이한 은택으로 쉽게 종을 옮기니
대중이 그 법력을 깊이 사모하여서

익주자사 한굉이 삼가 비문을 짓고
화상의 사리탑을 일러 '동해대사탑'
이라 존모하여서 두루 참배하였도다.

중국의 팽주 단경산 금화사 경내
김두타원에는 무상선사 사리탑이
'김두타'란 이름으로 전하고 있네.

금화사는 신라 김두타 무상선사가

노년을 보내며 주석하신 곳이로다.

당나라 현종 여동생인 금화 공주가
당시 금화행궁으로 지은 건물인데
선사께 감화되어 금화사로 바꾸었네.

보응 이년 오월 보름에 병이 없이
입적하시니 세수 일흔아홉이었다.

선사가 입적한 후 사리탑을 세우니
사찰 안 '금화사기' 비석에 새기길,
김두타가 창건하여 총림을 세웠네.

우리 무상화상의 법맥이 어떠한가.

일찍이 석가세존의 정법이 전해
두타행 제일 가섭존자가 받으니
전해진 이래 수행으로 제일이라.

안사의 난이 일어나자 당 현종이
사천 땅으로 난을 피하여 왔을 때,

무상화상은 이미 뛰어난 신승으로

세간에 널리 이름을 드러내셨다네.

현종이 화상을 친히 접견하시고
정중사에 주석하게 하시었는데,

당 개원 이십 년, 칠백삼십이 년,
사월에 마침내 당화상 처적은

무상화상에게 왕꿩을 보내어서
가사를 전하고 법을 부촉하시며
정녕하게 대업을 이루길 바라니,

"이는 바로 달마조사의 전법가사라
측천무후께서 지선화상에게 전하고

또 나 처적에게 다시 전한 것이니
지금 그대에게 마침내 남기겠노라.

그대는 스스로 이를 잘 보호하여
나의 선법을 두루 크게 선양하라.

그대는 이제부터 정중사에 머물며
정중선을 크게 일으키도록 애써라."

사천 선종의 법은 오조 홍인 이래
열 제자 가운데 자주 땅을 교화한
지선에 이어서 처적에게 법을 잇고,

다시 무상에게 불법을 전하였으니
이에 새로 정중종을 개창하였도다.

장송산 마조스님도 무상의 제자이니
마조의 제자인 백장 회해가 이르길,

"강서의 선맥이 다 동국에 옮겨가는가"
한탄할 만큼 해동으로 선맥이 옮겼네.

무상의 법계는 무주로 전승하여서
사천 선종의 사대조사라 이르니라.

선종 초조 달마에서 혜능에 이르는
해동 육대 조사가 다 한 법맥이다.

이로써 정중종 선법이 개창되니
정중사를 개당한 이래 이십여 년,
불법의 대의를 광대하게 펼쳤네.

해마다 정월과 십이월이 되거든
도량을 세워 대중에게 설법하니
수천 사부대중 구름처럼 모였네.

화상은 인성염불로 법석을 여니
초저녁부터 다음날 동틀 때까지
한 목소리로 한 숨을 다하여서

오직 염불로 성성하게 정근하여
목소리가 이어질 듯 끊어졌을 때
상당하시어 삼구설법을 펼치셨네.

과거의 일을 일체 기억하지 않아
마음이 경계에 끌리지 않는 무억,

현재 일체분별과 근심을 하지 않아
마음이 조금도 미혹되지 않는 무념,

미래의 일에 밝은 지혜와 상응하여
혼미한 망상을 일으키지 않는 막망,

무상화상의 이 삼구 설법이야말로

계, 정, 혜 삼학을 밝히는 등지로써,

마음이 한 곳에 집중된 선정이니
곧 정중선파의 총지문이라 하셨네.

역대법보기의 무상 조에 보면,

망념이 일어나지 않는 계율문,
망념이 일어나지 않는 선정문,
망념이 일어나지 않는 지혜문,

이같이 망념이 일어나지 않는 것이
계, 정, 혜를 관통하는 삼학의 요체라
곧 무상화상의 정중선법은 돈오법이네.

정중선법의 요긴한 체용은 무엇인가.

체용은 둘이 아니라 하나로 회통하니
체용의 삼구란 무억, 무념, 막망이로다.

일체의 기억을 없애버리는 무억,
일체의 망념을 없애버리는 무념,
일체의 망녕을 없애버리는 막망,

곧 계, 정, 혜, 삼학을 설파하였네.

그래서 삼구설법은 곧 총지문이라,

선종의 초조 보리달마, 이조 혜가, 삼조 승찬,
사조 도신, 오조 홍인, 육조 혜능, 칠조 지선,
팔조 처적, 구조 무상, 십조 무주로 이어지는

법통과 보당사에 머문 무주의 선법을
자세히 기록한 역대법보기에 이르길,

염불기는 계문이고, 정문이며, 혜문이라.

무념은 계, 정, 혜를 구족했으니
삼세의 모든 부처와 조사께서도

모두가 하나의 문을 통하였으니
마침내 깨달음에 이르렀다 하네.

무상화상께서 설한 삼구설법은
일체의 망념이 일어나지 않는,

염불기로 바로 무념의 경계가
심지 법문이고 정중선이로다.

무상화상의 삼구와 삼학의 법,

이는 달마대사로부터 전한 소식으로
사천 선종과 함께 정중종의 법이로다.

중국 선종의 법통이 어떠한가.

초조 달마로부터 육조 혜능까지
면면히 선림에 의발이 전해졌구나.

둔황 석굴에서 발견된 고문서,
역대법보기의 기록을 살펴보니,

육조로 끝나는 법통이 아니라
칠조 지선, 팔조 처적에 이어,

구조이신 정중무상화상에 이르러
십조 무주에까지 법이 이르고 있네.

또 제자로는 보당무주, 마조도일,

정중신회, 왕두타 등이 있었으니

일찍이 당나라 시인 이상은이 지은
혜의정사사중당비에 새긴 글을 보면,

무상, 마조, 무주, 서당, 네 분의 영정,
모신 인증의 계보가 뚜렷이 기록되니
달마의 선종이 무상선사에게 닿았구나.

우리 불교 정맥의 종조는 누구인가.

육조 혜능의 목면가사로 법통을 잇고
삼세 만에 거룩한 두타행 나한이 되신,

해동의 '김화상', '김두타', '무상공존자',
곧 우리 정중종 종조 무상화상이로다.

수행품

부처님께서 깨달음의 등불을 켜셨으니
수행으로 두타행 제일, 마하가섭 이래
무상화상께서도 여실한 면목을 찾았네.

수행의 참다운 길은 어디에 있는가.

"너희들은 마땅히 맹렬히 정진하되
법에 맹렬히 정진하고 다른 데 말라.

스스로 귀의하되 오직 법에 귀의하고
다른 데에는 일체 귀의하지 말아라."

부처님이 여섯 해 고행을 하시고서
모든 번뇌를 털어내어 집착을 끊고,

홀연 정각하시자 마하가섭을 보고
기쁨이 가득한 얼굴로 늙은 제자를
칭찬하시며 이렇게 말씀하셨도다.

"훌륭하고 훌륭하다, 마하가섭이여.

만일 두타행을 비방하는 자 있다면
그는 곧 여래를 비방하는 자이며,

두타행을 찬탄하는 자가 있다면
그는 곧 여래를 찬탄하는 자이니라."

일찍이 부처님이 아난다에게 말씀하길,

젊은 수행자들은 네 가지 생각하는
그곳을 잘 닦아서 익혀야 하느니라.

어떤 걸 네 가지 수행이라 하는가.

몸을 몸으로 보아 생각에 머물러서
방편으로 줄곧 힘쓰고 방일하지 않아,

오직 바른 지혜와 바른 생각으로
마음을 고요히 머물게 하고 나서,

나아가서 몸과 마음을 알아차리고
법을 법으로 보아 생각에 머물러서

방편으로 늘 힘쓰고 방일하지 않아,

곧 바른 생각과 바른 지혜로써
마음을 고요하게 머무르게 하며
나아가서는 법을 아는 것이니라.

아라한으로 번뇌가 이미 다하고
이미 할 일을 모두 마치고 나서,

모든 무거운 짐조차 다 버리고
모든 맺음을 다하고 바로 알아,

해탈하더라도 그 때에 있어서
또한 몸을 몸으로 보고 나서
한 생각에 머물고 잘 닦아서,

줄곧 방편으로 꾸준하게 힘쓰고
조금도 행동이 방일하지 않으며,

오직 바른 생각과 바른 지혜로
마음을 고요히 머무르게 하고서
느낌을 느낌으로 마음을 마음으로,

법을 법으로 보아 생각에 머물면
나아가 법에서 멀리 떠나느니라.

부처님이 기자쿠타 산에 계실 때,

마음의 때를 씻어내지 못하면
깨끗한 수행이 아니라 하시니,

공양을 받고도 탐착함이 없이
멀리 떠날 줄 알아야 하느니라.

좌선할 때 남이 보거나 않거나
한결같고 남이 정의를 말하면
즉시 이를 인정해야 하느니라.

누가 질문하면 즐거이 답하고
누가 다른 수행자를 존경하면
시기하지 말아야 할 것이니라.

누가 맛좋은 음식을 먹더라도
부러워하지 않아야 하느니라.

음식에 대하여 거부를 하거나

집착하지 않으며 스스로 칭찬하고
남을 헐뜯지 말아야 하느니라.

살생, 도둑질, 음행, 이간질, 욕설,
거짓말, 꾸미는 말, 탐욕, 성냄,
어리석은 행위를 하지 말지니라.

고요히 명상하기를 좋아하고
지혜를 많이 길러야 하느니라.

뽐내거나 교만하지 말아야 하고
항상 남에게 굳센 신의를 지키며,

깨끗하게 계를 굳세게 잘 지키는
착한 사람과 사귀어야 하느니라.

조금도 원한을 품지 않아야 하며
남의 단점을 찾지 말아야 하느니
이를 깨끗한 수행이라 하느니라.

부처님께서 아함경에 말씀하시길,

수행자들이여, 무엇이 위가 되느냐

묻거든 지혜가 위가 된다 대답하라.

그들이 다시 또한 무엇으로써
진리를 삼느냐고 묻거든 오직
해탈로 진리를 삼는다 대답하라.

또한 그들이 다시 그 무엇으로써
마지막을 삼느냐고 묻거든 오직
열반으로 마지막을 삼는다 답하라.

수행자는 마땅히 이렇게 알고서
이렇게 배우며 대답해야 하느니라.

수행자들이여, 스스로 집을 나와
참된 도를 배우려고 하는 사람은

모두 무상하다는 바른 생각을 익히며
무상한 것은 괴롭다는 생각을 익히며,

괴로움이란 '나'라는 것이 없으며
깨끗하지 않다는 생각을 익히며,

거친 음식이 싫지 않다는 생각하며

일체 세간은 아무 것도 즐거워할 게
못 된다는 굳센 생각을 몸소 익히며,

세속적 습관을 악을 보듯 멀리하는
생각을 익히며 해탈의 참된 모습을
오로지 성취할 생각을 익혀야 한다.

수행자들이여, 이렇게 할 수 있다면
수행자가 애욕을 끊고 맺음을 없애

모든 법을 바르게 알고 관찰하여
괴로움의 끝을 밝게 보게 되느니라.

올바른 수행은 어떠해야 하는가.

아함경에 거문고 줄을 들어 비유하길,

거문고를 탈 때에 줄이 느슨하거나
팽팽하다면 미묘한 소리가 나겠는가.

부처님이 소나 수행자에게 이르길,
수행도 마찬가지로 그와 같으니라.

너무 급하면 오히려 피곤해지고
반대로 너무 느슨하면 게을러진다.

그래서 수행자는 이 이치를 잘 알아
너무 급하지도 않고 느슨하지도 않게
알맞게 중도로써 수행해야 하느니라.

두타란 뜻은 닦고 털고 버리는
뜻이 있으니 당시 부처님께서도

거친 산과 들에서 고생을 견디며
두타행을 몸소 잘 실천하셨구나.

의, 식, 주에 대한 탐착을 버려서
심신을 닦는데 열두 두타행이라.

인가에서 멀리 고요한데 머물고
항상 밥을 빌어서 걸식하는데

빈부를 가리지 않고 차례로 하며
하루에 반드시 한 번만 먹으며

절도를 지켜 과식하지 않으며

오후에는 아무것도 먹지 않으며
헌 누더기 옷, 세 벌만 가지며

묘지에 머물고 나무 밑에 머물고
빈 땅에 앉고 늘 앉아 수행하며
눕지 않는 수행자로 생활하시네.

한가롭고 고요한 장소라야
선정에 들어 부처를 이루고,

오로지 욕심이 적은 두타라야
능히 성스러운 도에 들어가네.

번뇌를 제거하는 두타행으로
청정한 계를 비로소 성취하여
깨달음의 한 소식을 들으리라.

무상화상의 수행이 어떠하더냐.

사천성 성도 자중현 영국사는
옛날 덕순사인데 부근 어하굴은
캄캄하고 인적 없는 바위굴이라.

거친 풀잎으로 온몸을 감싸고
주린 배로 두타행을 몸소하시니,

산짐승도 큰 법력에 감화하여
법신을 오롯이 지켜주셨도다.

무상화상이 앉은 바로 앞자리에서
두 마리 검은 소가 거칠게 싸웠으나
마음 한 조각조차 흔들리지 않고,

또 호랑이가 사납게 다가왔으나
몸과 마음을 하나로 정결히 하여
맹수에게 아낌없이 자신을 바치고자,

깊은 선정에 들어 마치 바위처럼
부동의 마음으로 굴복시키셨네.

이에 공양에 응하는 응공이 되고
번뇌의 도적을 아주 죽여 없애고
영원한 열반의 깨달음에 드시어,

다시는 미혹한 세간에 나시지 않아
아라한의 세 가지 위의를 갖추셨네.

부처님처럼 맹렬한 수행을 마치신
마하가섭이 큰 위엄과 덕을 갖추어
제 홀로 아라한과를 증득하였듯이,

무상화상께서 어하굴 두타행으로
정중선법의 깃발을 만방에 거셨네.

무상오경전품

무상화상은 매년 섣달과 정월에
먼저 도량을 청정하게 장엄하고
수많은 대중에게 계를 주었다네.

높은 법좌에 올라 수계 설법하니
청풍이 일듯 천지가 향기로웠네.

인성염불로 염불삼매에 들어가니
염불수행은 자력과 타력을 아울러
참된 나를 홀로 찾아가는 길이라.

화상의 삼구설법은 정중선법이니,

일체의 경계에 집착하지 않고
일체의 망념을 가지지 않으며
일체의 청정심을 잊지 않아서,

오직 무억으로 계를 잘 지키고
오직 무념으로 선정에 들어가서

오직 막망으로 지혜의 눈을 뜨는

이러한 삼구가 곧 총지문이로다.

부처님의 명호를 소리 내어 부르거나
상호를 관상하거나 공덕을 생각하고,

부처를 보고 스스로 부처를 이루어
불국토에 왕생하는 수행법이로구나.

부처님의 가르침에 따라 참회하며
헐떡이는 흩어진 마음 하나로 모아,

일체의 경계에 산란한 마음을 쉬고
바른 신심을 가꾸는 수행법이로다.

염불삼매는 지극히 고요한 마음으로
염불에 전념하여 깨달음에 이르노라.

아함경에는 염불을 정성으로 하면
번뇌가 사라지니 극락에 태어나거나
삼매에 들어 열반에 이를 수 있다네.

염불은 모든 죄업을 다 씻어 없애고
부처님의 나라에 태어나길 발원하면
이로써 반드시 부처님 나라에 태어나네.

염불은 입이 아니라, 마음으로 하는 것

마음으로 생각하지 않고서 염불하면
깨달음을 이루는데 아무 도움도 없네.

염불은 윤회를 벗어나는 지름길이니
마음으로 불국토를 생각해 잊지 않고,

입으로 부처님의 명호를 분명히 불러
마음과 입이 서로 하나로 합해야 하네.

소리를 끌어서 수행하는 인성염불에
깨달음에 이르는 열 가지 공덕이 있네.

수마가 없어지고 천마가 두려워하며
염불소리에 삼악도의 고통이 쉬리니
잡다한 소리가 전혀 들어오지 못하며,

염불하는 마음이 흩어지지 않고

용맹하게 정진하는 마음이 나며,

제불이 환희하고 삼매의 힘이 깊어
마침내 정토에서 왕생하게 되리라.

처음에 인성염불로써 정근하노니
육근 가운데 귀로 소리를 들을 때,

오직 소리에 집중하여 번뇌를 끊고
누가 듣는지 자성을 깨닫게 되노라.

다시 말해 들은 것을 다시 돌이켜서
염불을 듣는 자가 누구인가 자각하여
본래면목을 깨달아 불성을 드러내네.

이근이 탁 트여서 원통해지면
나머지 오근도 모두 원통해져서
각각 자성을 반조하여 불성을 보네.

내면의 소리와 외면의 소리로
소리를 내뱉지 않고 관조하여,

한 호흡 한 소리로 숨을 내쉬니

소리가 끊기고 생각이 끊긴 때,

한 호흡이 다하도록 염불하되
마침내 염불소리를 멈추고 나면,

무상화상은 정중선의 법석에서
삼구 설법 총지문을 펼치셨네.

삼구의 가르침은 곧 선종 해탈문,
보리달마께서 전승한 가르침이니

무상화상의 선이 금강경에 있고
최상승 선법이 무상오경전이니

흐르는 시간 따라 무념의 상태로
해탈과 열반을 향해 나아가는구나.

어두운 날이 차차로 밝아지듯이
번뇌와 무명에서 깨달음으로 가는
정도와 순차를 다섯 단계로 펼쳤네.

처음 얕았다가 점점 깊어가다가
이윽고 얕지도 깊지도 않다가

깊은 곳으로 옮겨가다 재촉하는,

오경의 순서대로 염불 정근하여
삼매에 들고자 철야 수행하였네.

'전'은 어둠에서 밝음으로 나아가
무명에서 깨달음으로 전환하였네.

일경은 얕은 염불로 시작해서
저녁 일곱 시부터 아홉 시까지

중생이 일으키는 온갖 망상을
어디로 깨끗하게 씻어 보낼까.

오로지 바른 관찰에 의지하여
생각마다 집중하여 마음 챙기니
진여가 비로소 바로 나타났구나.

이경은 깊은 염불로 넘어가니
저녁 아홉 시에서 열한 시까지

보리의 오묘한 진리를 찾고자
간절히 원하여 깊이 찾아보지만,

넓고 철저하고 맑고 텅 비어
오고 가지도 머물지도 않으니
여여한 평등심을 증득하리라.

삼경은 얕지도 깊지도 않은데
한밤중 열한 시에서 한 시까지

지난 시절의 티끌과 수고로움
지금은 끊어서 과거, 현재, 미래,

삼세인과를 먼저 떨쳐버리고
가르침 따라 피안으로 가노라.

사경은 힘차게 읊는 염불이니
날이 어두운 한 시에서 세 시까지

선정과 지혜를 더불어 닦아서
온갖 집착을 끊어 내려놓으니,

색과 공이 원만히 청정하여져
체가 되어 변함없는 하늘가에
밝은 달이 맑은 누리를 비추네.

오경은 아주 빨리 읊는 염불이니
이른 새벽 세 시에서 다섯 시까지

부처님의 해가 온 누리에 환하니
오묘한 경계를 활짝 열어 보이네.

오직 마음을 집중하여 고요하고
선나가 공적한 곳을 뛰어넘으니
일념 상응해 마침내 여래를 보네.

무상어록품

정중선법은 인성염불을 통하여
삼무의 경계를 벗는 수행법이네.

오경전에 따라 염불이 이어지면
삼매에 들어 비로소 마음이 쉬네.

오경전은 번뇌와 무명에 허덕이는
중생이 깨달음에 이르는 수행이니

하룻밤에 다섯 단계로 전환하여
해탈로 가는 정중종 수행법이라.

마음이 하나같이 다 평등하면
일체법이 다 평등하게 되리라.

올바른 참된 성품을 깨달으면
불법이 아닌 것이 없으리라.

즉시 바른 이치를 깨달았을 때

탐착의 마음이 일어나지 않고

참된 수행의 경계를 잃지 않아
세간에 달리 구할 것 없으리라.

반야바라밀은 본래 평등하여
일체의 경계가 없기 때문이네.

무억, 무념, 막망, 이는 삼구이니
먼저 소리 내어 염불을 지속하고
마음을 집중해 염불삼매에 들자,

소리가 가늘다가 끊어지려는 때
비로소 삼구설법을 펼치셨구나.

온갖 경계는 육근에서 비롯되니
어떤 것을 일러 경계라 하는가.

일찍이 부처님께서 강가에서
풀 더미 속에 배고픈 여우가
거북이를 움켜진 것을 보시고,

아함경 구경에 게송을 읊으시길,

거북이가 여우를 두렵게 여겨서
여섯 부위를 껍질 속으로 감추듯

수행자도 마음을 잘 거두어서
모든 감각과 생각을 감추어라.

이에 의지하거나 두려워하지 말고
마음을 덮고 말을 하지도 말라.

눈의 경계와 빛깔의 경계
눈의 식의 경계와 귀의 경계

소리의 경계와 귀의 식의 경계,
코의 경계와 냄새의 경계

코의 식의 경계와 혀의 경계
맛의 경계와 혀의 식의 경계,

몸의 경계와 부딪침의 경계
몸의 식의 경계와 뜻의 경계,

법의 경계와 뜻의 식의 경계

이 모두를 갖가지 경계라 하네.

모든 것은 덧없고 덧없으니
어떻게 모든 것은 덧없는가.

이른바 눈은 덧없는 것이고
빛깔과 눈의 의식과 부딪침

눈이 부딪치는 여러 인연에서
생기는 온갖 느낌은 덧없구나.

괴롭다거나 즐겁다는 느낌과
괴롭지도 않고 즐겁지도 않는
모든 느낌도 덧없는 것이구나.

눈, 귀, 코, 혀, 몸, 뜻의 육근
모든 것이 그같이 덧없구나.

세간에 일체의 경계 끊어버리고
무념이 계, 정, 혜, 삼학을 갖추니,

과거, 현재, 미래, 제불 모두가
이 길을 통하여 대각에 드시니

이 문 밖에 다른 문이 없구나.

생각이 일어나지 않는 것은
마치 맑게 비치는 거울과 같아
모든 상을 비출 수가 있구나.

문득 생각이 일어나는 것은
거울을 뒤집는 것과 같아서
아무 것도 비출 수가 없구나.

부처의 자리는 어디에 있을까.
자성이 미혹해 망념이 일어나면
부처도 곧장 중생에 떨어지고

자성을 깨쳐 망념이 없어지면
중생도 현전에 부처를 이루네.

중생이 생각을 갖고 있기에
무념이란 말이 있는 것이니,

만약 한 생각이 없어진다면
무념도 존재할 수가 없구나.

무념은 아예 생기지도 않고
그저 없어지지도 않는구나.

계율이란 세존을 따르는 법,
처음도 끝도 이 길을 따라서
깨달음의 바다를 건너가노라.

푸르지도 않고 붉지도 않고
검지도 않고 하얗지도 않네.

마음도 아니고 물질도 아니라
계의 본체로 중생의 본성이라.

본래 원만하고 순일한 실상이니
헛된 생각이 끊임없이 일어나면,

중생은 깨달음에서 멀어지고
부정과 어울리게 되고 마네.

이것은 계율을 어기는 것이니
헛된 생각이 일어나지 않으면,

중생은 부정을 버리게 되고

깨달음과 잘 어울리게 되는데
이를 일러 계를 지킨다고 하네.

한 생각이 일어나지 않으면
계율로 사는 부처님 자손이라
바른 깨달음의 길 위에 있네.

인성염불로써 무념을 이루고
오직 무념으로 진여를 이루어
일체 경계에 벗어나 물들지 않네.

청정한 깨달음으로 연화대에 앉은
아, 무상화상의 정중종 선법이여,

중국 사천성 성도의 대자사에는
정중종 무상선사행적비에 새기길,

무상의 선법은 면면히 이어져
마조, 지장, 마곡, 남전, 장경 등
당대의 뛰어난 선사들을 거쳐서

도의, 홍척, 혜철, 범일, 무염에서,
현욱에게 법이 길이 전하였으며,

그 뒤에 신라 구산선문을 이루어
마침내 해동에 선법이 전해졌다네.

총지품

세존께서 게송으로 읊으시길,

일체가 공적한 법인데 이 법은
적멸하지만 공하지 않으니라.

저 마음이 공하지 않을 때라야
마음이 있지 않음을 증득하노라.

모든 인연으로 일어나는 법인데,
이 인연법은 생겨나는 게 아니네.

인연은 생기고 없어짐이 없어서
생기고 없어지는 바탕은 공적하네.

세간의 물질은 한결같지 않아
항상 무너져서 괴롭기만 하네.

괴로움은 나란 것이 아니므로
내가 아니면 내 것도 아니로다.

이렇게 무상함을 관찰하는 걸
실로 바른 관찰이라 하느니라.

일찍 부처님께서 말씀하셨다.

나는 이제 너희들을 위하여
괴로움이 모이고 멸하는 길을
말하리니 자세히 듣고 생각하라.

무엇이 괴로움이 모이는 길인가.

눈과 빛깔이 서로 인연하여
눈의 의식이 생겨나게 되고
이 세 가지가 서로 화합하여,

접촉이 있고 접촉을 인연하여
느낌이 있으며 느낌을 인연하여

욕망이 있고 욕망을 인연하여
잡음이 있으며 잡음을 인연하여

존재가 있고 존재를 인연하여

남이 있으며 남을 인연하여서,

나고 늙고 병 들어서 죽게 되고
근심 슬픔 번민 괴로움이 모인다.

이같이 귀, 코, 혀, 몸, 뜻에서도
또한 그와 같으니 이것을 일러
괴로움이 모이는 길이라 하노라.

어떤 게 괴로움이 멸하는 길인가.

눈과 빛깔이 서로 인연하여
눈의 의식이 생겨나게 되고

이 세 가지가 서로 화합하여
접촉이 있고 인과를 이루노라.

접촉이 멸하면 느낌이 멸하고
느낌이 멸하면 욕망이 멸하며

욕망이 멸하면 잡음이 멸하고
잡음이 멸하면 존재가 멸하며

존재가 멸하면 태어남이 멸하며
태어남이 멸하면 고통이 멸하노라.

나고 늙고 병들어서 죽지 않으니
근심, 슬픔, 번민, 괴로움이 멸하니

순수한 큰 괴로움의 무더기가
모두 다 멸하는 길이 되느니라.

귀, 코, 혀, 몸, 뜻에 있어서도
또한 그와 같아 이를 일러서,
괴로움이 멸하는 길이라 한다.

무상의 도가 장안을 뚫고 가니
말로 들려주거나 전할 수 없네.

마음이 아니고는 알지 못하니
자유자재로 죽이고 살리는구나.

해가 뜨니 하늘과 땅이 환하고
불법을 밝히니 여여한 실상이라.

산하 대지는 소식이 끊어져도

발자국마다 맑은 바람이 이네.

오늘도 나는 도에 굶주렸으니
길이 험하다고 그칠 수 있으랴.

부처님 먼저 가신 바른 길 따라
마침내 부처를 이루고야 말리라.

흑산의 귀신굴에 홀연히 벗어나
밝은 해와 달처럼 도를 이루리라.

오직 부처님 마음을 찾아 헤매니
연잎이 가을 이슬을 머금었구나.

냇가에 매화 한 떨기 추위를 뚫고
흰 배꽃 한 가지에 봄을 맛보네.

봄이 오니 풀이 스스로 자라듯
무상의 심법이 온 누리에 피었네.

무심은 참된 깨달음의 경계라
평등 일여하여 차별상이 없구나.

빈 손으로 쇠 소를 끌고 가니
유아독존의 경지에서 노닐구나.

삼라만상이 곧 부처의 법신이니
성인의 지혜로 천하를 거두네.

부처님께서 아난다를 데리고
여기저기 다니며 말씀하셨네.

너희들은 마땅히 계를 지니고
선정을 생각하며 지혜를 닦으라.

계, 정, 혜, 세 가지를 잘 지키면
나의 제자이니 부처를 이루어
덕망이 높고 명예가 드러나리라.

음란한 마음과 탐내는 마음
성내는 마음과 어리석은 마음
삼독을 벗으니 해탈이라 한다.

언제나 마음이 청정한 사람은
어디서나 스스로 도를 얻으리라.

여래는 청정함을 즐거워하시고
중생들이 행복하기를 바라시니,

늘 자애의 마음을 챙기도록 하는
이는 곧 부처를 이루는 경지라.

간소하게 보내며 늘 고요하라.
고인 물에는 용이 살지 못하고
올챙이 다리를 붙잡고 다투네.

세상에 미혹한 중생이 넘치니
무상의 선법을 좇아 홀로 가라.

높은 산을 뽑아 주장자 삼고
호랑이 굴로 용감히 들어가라.

여기에 마군이 철퇴를 깔보고
야차가 허공에서 날뛰는구나.

삼구의 신통 묘용한 선법이여,
본심의 광명이 천지에 넘치네.

일체의 경계에 집착하지 말고

일체의 망념을 가지지 말며
일체의 청정심을 잊지 말라.

무억은 지난 일을 기억하지 않으며
무념은 지금 시비와 분별을 떠나니
막망은 앞날의 일을 망상하지 않네.

무억은 계이고, 무념은 정이며
막망은 혜이니, 삼구가 총지문이라.

삼생 육십 겁에 윤회를 벗고자
이미 부처님께서 게송으로 읊길,

한량없는 삶, 거듭 윤회를 헤매며
집 짓는 자를 찾아서 헤매었으나
찾지 못하고 계속 태어나 괴롭네.

오, 집 짓는 자, 이제 그대를 보니
그대는 더 이상 집 짓지 못하리라.

서까래는 낡고 대들보는 흩어져
마음은 니르바나에 이르렀으니
곧 갈애의 소멸을 성취하였노라.

삼독을 물리쳐 지혜의 문을 여니
찰나의 허공이 일광에 무너지고
천하가 춤추고 태평가를 노래하네.

나한품

나한은 아라한으로 응공이시니
금생에 이미 번뇌에서 해탈하여
공양을 받아 마땅하신 성인이네.

최고 불법의 진리를 성취하시고
세간의 존경을 받아 마땅한 분,

우리 부처님의 공덕을 설하시는
여래십호 가운데서 첫 번째라네.

부처님께서 아함경에 말씀하시길,

법을 바른 지혜로 평등하게 보아
마음에 번뇌를 일으키지 않으면
이를 아라한이라 이름하느니라.

그는 모든 번뇌가 이미 다하고
할 일을 마쳐 무거운 짐을 버리고
스스로 이로움을 완전히 얻고

모든 결박을 끊고 바른 지혜로써
마음이 해탈하였노라, 말씀하셨다.

세존께서 게송으로 읊으시기를,

전생 일을 기억하는 지혜로써
천상과 악세에 나는 것을 보고

온갖 몸을 받는 걸 다하게 되어
성자는 홀로 밝게 결정하느니라.

지혜로운 마음을 얻어 해탈하면
일체의 탐욕과 집착에서 벗어나

세 가지 밝음을 두루 갖추면
세 가지가 밝은 아라한이라네.

모든 번뇌와 속박에서 벗어나
더 이상 배우고 닦을 게 없는
모든 번뇌의 적을 무찌르신 분,

우리 불제자 수행의 스승이신

무상화상께서 아라한에 드셨네.

깨달음을 이루어 부처가 되시고
부처와 동등한 깨달음을 얻었네.

예불문에 지심귀명례 영산 당시
수불부촉 십대제자 십육성 오백성
등등이라 늘 예경으로 찬불하네.

곧 부처님이 영취산에 계실 때
오래도록 물든 사바세계에 남아
불법을 전해 중생을 보살피라는

부촉을 받은 거룩한 열 제자와
열여섯 아라한과 오백 아라한을
지극하게 찬탄한 말이 아니랴.

부처님 제자 중에 오백나한은
최고 교법인 아라한과를 얻어,

모든 중생에게 복덕을 베풀고
소원을 성취하는 불력이 있네.

나한경에 이와 같이 내가 들으니,

부처님께 천인이 새벽에 나가
부처님 발에 머리를 조아리자
온몸의 광명이 두루 비추었다.

이때 천인이 게송으로 여쭈길,

아라한 수행자로 제 일을 마치고,
모든 번뇌를 끊어버리고 다하여

마지막 몸을 가지고 내가 있다
말하고 또 내 것이라 말합니까.

이때 세존께서 게송을 읊으시길,

만일 아라한 수행자로 제 일을
이미 마치고 모든 번뇌를 끊고,

마지막 몸을 가졌다고 한다면
내가 있고 내 것이라 말해도
거기에 아무런 허물이 없노라.

천인이 또 게송으로 여쭈기를,

아라한 수행자로 제 일을 마치고
모든 번뇌를 이미 끊고 다해서

그 마지막 몸을 가지고서도
그 아만하는 마음으로 인해서,

내가 있고 또 내 것이라고
이렇게 말할 수 있겠나이까.

세존은 게송으로 대답하시길,

이미 아만하는 마음을 떠나고,
또 아만이라는 마음조차 없어

나와 내 것에서 벗어났으니
그는 모든 번뇌를 다했노라.

그는 나와 내 것에 대하여도
그 마음 영원히 집착하지 않아,

이 세상에서 부르는 이름이란

모두 거짓 이름인 줄 아노라.

이에 천인은 게송으로 말하길,

내 일찍부터 바라문을 보았네.
그들은 끝내 열반을 얻었으니

일체의 두려움에서 이미 떠나고
세상의 은애에서 아주 벗어났네.

이때 천인은 부처님 말씀에
기뻐서 발에 머리를 조아리고
곧 사라져 나타나지 않았네.

온갖 근심을 다 버리고 벗으니
결박이 풀리고 나니 서늘하구나.

마음이 깨끗해 삼독을 없앴나니
어리석음의 깊은 못을 건너가네.

마치 기러기가 호수를 버리듯이
곳간에 간직해 쌓아둔 것이 없고
마음이 텅 비어 잡된 생각이 없네.

저 멀리 날아가도 걸림이 없는
마치 허공을 자유로이 나는 새처럼
그대 이미 적정 열반에 이르렀네.

티끌로 가득한 찰나의 삶이여,
저 창공을 나는 새가 잠깐 내려
이내 허공으로 사라지는 것 같네.

잘 길들여진 저 말과 같아서
여섯 감각을 제어해 고요하고,

교만한 버릇마저 버리고 나니
마침내 하늘의 존경을 받는구나.

저 땅과 같아서 성내지 않으며
저 산과 같아서 움직이지 않으니,

참된 사람은 일체 번뇌가 없어
나고 죽는 세상이 끊어졌구나.

마음은 선정에 들어 고요하고
생각과 말과 행동 또한 고요해,

바른 지혜를 얻어 해탈했나니
적멸한 깨달음으로 들어갔구나.

욕심을 버리고 집착이 없어
세간의 온갖 장애를 벗어나서
욕망이 이미 끊어지니 진인이라.

위대한 응진이 지나가는 곳마다
누가 그 은혜를 받지 않으리오.

세간의 많은 이들이 즐기지 않는
쓸쓸하고 고요한 곳을 즐길 뿐,

욕망마저 없고 구하는 것이 없어
그 마음 청정하기 이를 데 없구나.

정중종은 한 마음으로 귀일하노니
한 법에 나와, 한 법으로 돌아가네.

법 안에서 구도의 삶을 향하니
삼세에 널리 이롭게 회향하리라.

종조 무상화상께서 선법을 펼친
중국의 우뚝한 선종사찰 가운데

사천성 나한사, 운남성 공죽사,
광주시 서래사, 절강성 천녕사,
항주시 영은사, 북경시 벽운사,

강서성 노산 동림사 곳곳에는
거룩한 오백나한이 조성되었네.

또 베트남 닌빈 바이딘 사원에
가야 무상김존자 나한상이 있네.

우리 정중종 종조 무상 아라한
어하굴에서 두타행을 하셨듯이,

우리 종도는 일심으로 본받아
자나 깨나 인성염불로 정근하여
삼구 설법을 체득하여 수행하세.

온 중생을 맑고 깨끗하게 하여
부처를 이루어 불국토 찬탄하세.

발원품

민음 없이 발원하기 부족하고
발원 없이 수행하기 부족하네.

부처님 명호를 부르는 수행없이
소원하는 것을 바르게 성취하여
민음의 결실을 얻기에 부족하네.

부처님의 바른 법을 힘써 배우고
중생을 널리 깨끗이 하기 위하여,

무상 정중종 종지를 굳게 받들어
원력으로 목숨 바쳐 귀의합니다.

청정한 법륜을 굴려서 보리심으로
이 땅에 부처님의 나라를 성취하는
참다운 불제자가 되게 하여주소서.

부처님께서 사바에 몸소 현신하신
참으로 위대한 뜻을 다시 새기며

고통에 찌든 이 시대 이 땅에서,

부처님의 거룩한 뜻을 꽃피우길
깨끗한 마음으로 정성을 다하여,

간절하게 참회하고 발원하오니
대자 대비한 문을 열어주소서.

부처님에 대한 견고한 신심과
법과 승가에 대한 깨끗한 믿음과
계율을 성취하도록 발원합니다.

진흙 속에서 피어난 고운 연꽃이
청정하여 티가 없고 더러움도 없이
태양 아래 햇빛을 따라 피어나면,

그 향기가 부처님 나라에 진동하듯
정중선을 닦아 성불하길 발원합니다.

몸과 입과 마음을 맑고 향기롭게
올바른 법을 그대로 따라서 하면,

현세에서는 좋은 이름이 퍼지고

죽어서는 곧 천상에 태어나리라.

부처님의 바른 진리를 깨달은 뒤에
육바라밀행을 닦아 삼계고해를 벗어
시방세계 중생 모두 성불하사이다.

백 마리의 코끼리와 말이라도
백 대의 화려한 가마와 미녀도
아무리 드문 진귀한 보석조차,

부처님을 향해 앞으로 나아가는
단 한 걸음의 지극한 공덕보다
십육 분의 일 만도 못하노라.

앞으로 나아가라, 수행자여
앞으로 나아가라, 수행자여.

세간에 갈팡질팡 길을 걷는데
어둠 속에서 빛이 밝아오며
부처님이 모습을 드러내시네.

수행자가 부처님께 여쭈기를,

부처님이시여, 밤새 평안하게
잘 주무셨습니까? 이 물음에
부처님께서 간절히 말씀하시네.

번뇌의 불꽃이 다하면 편히 잔다.
애욕에 이끌리지 않고 청량하여
기댈 것 없으며 일체 집착을 끊고,

마음의 번뇌를 조복 받는다면
적정하여 편히 잠을 이루리라.

여섯 경계로 마음에 번뇌가 없고
몸이 괴롭지 않고 편안하게 되니,

모든 번뇌를 남김없이 소멸하여
평온하게 된 열반 해탈의 경지,
곧 마음이 적정하면 그러하니라.

수많은 경전을 아무리 많이 외워도
실행하지 못하는 게으른 수행자는

마치 남의 소를 세는 목동과 같아
참된 수행의 보람을 얻기는 어렵네.

부처님께 발원할 때 바르게 하라.

스스로 욕망과 이익을 이루기보다
중생의 이익과 행복을 위해야 하네.

아울러 불같이 이는 번뇌를 여의고
부처님 법을 익혀 깨닫도록 함이
참다운 수행자의 발원이 되느니라.

그대가 언제 어느 곳에 있든지
고통과 괴로움에 빠진 중생들이
그대를 부를 때 그곳에 가서 구하라.

지옥의 중생을 다 구하기 전에는
결코 성불하지 않겠노라 발원하라.

마른 풀이 수미산같이 쌓였더라도
겨자씨만한 불똥 하나로 다 태우듯,

그대가 발원한 거룩한 신행의 촛불로
세상의 온갖 더러움을 모두 태우고
불국정토를 이 땅에 환히 드러내라.

명예를 얻고자 하면 계율을 지키고
재물을 얻고자 하면 보시를 행하고

덕망이 높고자 하면 참된 삶을 살고
좋은 벗을 얻고자 하면 자비를 베풀라.

그러면 그대가 원하는 걸 얻을 수 있네.

정각을 이룬 부처님께서 게송을 읊길,

나는 지금 아라한을 성취하였노니
세간에서 최고로 견줄 자가 없도다.

이제 천상 세계와 인간 세계에서
오직 내가 최고라 나밖에 스승이 없고
또한 나와 동등한 자도 없느니라.

홀로 존귀하여 견줄 자가 없으며
냉랭하여져서 따뜻한 기운이 없네.

이제 마땅히 법륜을 굴리기 위해
카쉬 땅으로 떠나서 감로 약으로

저 눈이 먼 자들을 눈뜨게 하리라.

바라나시에 이웃한 카쉬왕 국토에
다섯 명의 수행자가 머물고 있으니
거기서 미묘한 법문을 설하려 하노라.

그들이 빨리 도를 성취하게 하고
번뇌를 끊는 누진통을 얻게 하여,

악업의 근본을 먼저 제거하리라.
그러므로 나는 최고의 승리자니라.

항상 무상하다는 생각을 사유하고
무상하다는 생각을 널리 펴고 나면,

욕계, 색계, 무색계의 욕망을 끊고
또 무명과 교만을 다 끊게 되리라.

마치 활활 타는 불로 초목을 태우면
남김없이 영원히 사라져 흔적이 없듯,

항상 무상하다는 생각을 닦는다면
욕계, 색계, 무색계의 욕망을 끊고

무명과 교만을 다 끊게 되리라.

두타의 지극한 수행을 힘써 닦으며
숲속 덤불 속에 그윽이 머무셨구나.

무상존자와 같은 진정한 부처님 제자
지금 이 세간 어디에 있다고 말하랴.

이제 다시 이 티끌 자욱한 세간에
그 위엄과 신심이 아주 사라졌으니,

넓은 들판이나 깊은 산, 저자거리에
부처님의 음성은 잠자코 말이 없네.

보시와 계율로 중생을 보살피고
계율을 잘 믿어 스스로 장엄하며,

욕됨을 참아 순박하고 곧게 수행해
모든 착함과 악함을 관찰하지만,

이와 같이 훌륭한 부처님의 법이
이제 갑자기 아주 사라져버렸구나.

이에 우리 정중종 수행자들이여,
오직 부지런히 바른 법을 향하여,

걸음마다 예경하고 참된 발원으로
무상김화상의 두타행을 본받아서
용맹한 불제자가 되어 나아가세.

영산회상에서 정법안장을 부촉하느라
가섭에게 꽃을 들어 보이신 부처님,

마음에서 오직 마음으로 오래 전해온
염화미소의 소식을 전하고자 정진하세.

부록

———

무상화상 연보

(연도 / 나이 / 행적)

■ 684년 / 1세 / 신라 제33대 성덕왕의 셋째아들로 출생, 속성은 김씨, 호는 송계이다.

■ ? / ? / 신라 성덕왕 때 군남사로 출가하다.

■ 702년 / 18세 / 지선화상이 측천무후에게서 가사를 받아 처적화상에게 전하다

■ 728년 / 44세 / 구법을 위하여 중국 당나라로 들어가다.

■ 729년경 / 45세 / 당나라 수도 장안에서 현종 알현, 서안 선정사에 머물다가 사천성 자주의 덕순사로 가서 머물다.

■ 730년경 / 46세 / 두 해 동안 지선(609-702)화상의 부촉을 받은 처적(665-732)화상 문하에서 수행하고 무상이란 법명을 받다.

■ 731년 / 47세 / 중국 사천성 천곡산 어하굴에서 두타행을 하다.

■ 732년 / 48세 / 다시 천곡산에 입산 수행 후 덕순사로 돌아오다. 처적화상에게서 선종의 법통을 잇는 목면가사를 받고 법을 잇다.

■ 740년 초반 / 56세 / 중국 사천성 성도 정중사에서 정중종을 개법하다.

■ 742년 / 58세 / 절도사의 초빙으로 영국사를 떠나 사천성 성도로 옮기고, 당시 안사의 난으로 피난한 당 현종을 알현하고, 대자사를 하사받다.

■ 744년-750년경 / 60-70세 전후 / 중국 사천성 일대에서 행화, 무주에게 법을 전하다. (보리사, 영국사, 대자사 등)

■ 762년 / 79세 / 5월 19일 자시에 열반하다.

■ 763년 / 입멸 후 1년 / 재주태수 한굉이 무상 비문을 짓다.

■ 765년 / 입멸 후 3년 / 제자 무주(714-774)가 보당종을 창종하다.

■ 819년 / 입멸 후 57년 / 종밀(780-840)이 '원각경대소초'에 마조도일(709-788)을 무상의 문도로 기록하다.

■ 840년 / 입멸 후 78년 / 이상은이 '재주혜의정사남선원사증 당비' 비문을 짓다. 혜의정사 남선원에 사증당을 건립하여 익주의 정중 무상대사, 보당의 무주대사, 홍주의 도일대사, 서당의 지증대사를 영당에 안치하다.

■ 875년 / 입멸 후 113년 / 신라승려 백월서운 낭공대사가 중국 성도에 와서 정중정사를 순례하여 무상대사의 영당에 참배하다.

■ 1908년 / 입멸 후 1146년 / 중국 둔황에서 출토된 고문서 중에 무상선사가 기록된 스타인(STEIN) 6077호 사본에 무상 오경전, 무상어록을 발견하다.

■ 2011년 / 입멸 후 1249년 / 한국 서울 봉화산 법만사 법만 이 무상의 정중종을 계승 재창하다.

■ 2014년 / 입멸 후 1252년 / 정중종 소의경전인 우리말불교 성전을 편찬하고 봉정법회를 열다.

■ 2020년 / 입멸 후 1258년 / 법사 원경이 정중무상행적송을 짓다.

송고승전 무상전(원문)

唐成都淨衆寺無相傳(智詵禪師)

釋無相。本新羅國人也。是彼土王第三子。於本國正朔年月生。於
群南寺落髮登戒。以開元十六年泛東溟至于中國。到京。玄宗召
見。隷於禪定寺。後入蜀資中。謁智詵禪師。有處寂者。異人也。則
天曾召入宮賜磨納九條衣。事必懸知。且無差跌。相未至之前。寂
日外來之賓。明當見矣。汝曹宜洒掃以待。間一日果至。寂公與號
曰無相。中夜授與摩納衣。如是入深溪谷巖下坐禪。有黑犢二。交
角盤礡於座下。近身甚急。毛手入其袖。其冷如冰。捫摸至腹。
相殊不傾動。每入定。多是五日爲度。忽雪深。有二猛獸來。相自洗
拭。裸臥其前。願以身施其食。二獸從頭至足。嗅帀而去。往往夜
間坐牀下。搦虎鬚毛。既而山居稍久。衣破髮長。獵者疑是異獸。
將射之。復止。後來入城市。晝在冢間。夜坐樹下。真行杜多之行
也。人漸見重。爲構精舍於亂墓前。長史章仇兼瓊來禮謁之。屬明
皇違難入蜀。迎相入內殿。供禮之時。成都縣令楊翌疑其妖惑。乃
帖追至。命徒二十餘人曳之。徒近相身。一皆戰慄。心神俱失。頃
之大風卒起。沙石飛颺。直入廳事。飄簾卷幕。楊翌叩頭拜伏。踹
而不敢語。懺畢風止。奉送舊所。由是遂勸檀越造淨衆、大慈、菩提、
寧國等寺。外邑蘭若鐘塔。不可悉數。先居淨衆本院。後號松溪是

歟。相至成都也。忽有一力士稱捨力伐柴。供僧廚用。相之弟本國新爲王矣。懼其却迴。其位危殆。將遣刺客來屠之。相已冥知矣。忽日供柴賢者暨來。謂之曰 今夜有客。曰 灼然。又曰 莫傷佛子。至夜。薪者持刀挾席坐禪座之側。遂巡覺壁上似有物下。遂躍起。以刀一揮。巨胡身首分於地矣。後門素有巨坑。乃曳去瘞之。復以土拌滅其跡而去。質明。相令召伐柴者謝之。已不見矣。嘗指其浮圖前栢曰 此樹與塔齊。寺當毀矣。至會昌廢毀。樹正與塔等。又言寺前二小池。左羹右飯。齋施時少。則令淘浚之。果來供設。其神異多此類也。以至德元年建午月十九日無疾示滅。春秋七十七。臨終。或問之曰 何人可繼住持乎。乃索筆書百數字。皆隱不可知。諧而叶韻。記莂八九十年。事驗無差失。先是武宗廢教。成都止留大慈一寺。淨衆例從除毀。其寺巨鐘乃移入大慈矣。洎乎宣宗中興釋氏。其鐘却還淨衆。以其鐘大隔江。計功兩日方到。明日方欲爲齋。辰去迎取。巳時已至。推挽之勢。直若飛焉。咸怪神速。非人力之所致也。原其相之舍利分塑真形。爾日面皆流汗。上足李僧以巾旋拭。有染指者。其汗頗鹹。乃知相之神力自曳鐘也。變異如此。一何偉哉。後號東海大師塔焉。乾元三年。資州刺史韓汯撰碑。至開成中李商隱作梓州四證堂碑。推相爲一證也。

一宋高僧傳 卷第十九, 感通篇 第六之二.

역대법보기(원문)

歷代法寶記

(亦名師資衆脈傳。亦名定是非摧邪顯正破壞一切心傳。亦名最上乘頓悟法門)。

案本行經云。雜阿含經。普曜經云。應瑞經。文殊師利涅槃經。清淨法行經。無垢光轉女身經。決定毘尼經。大佛頂經。金剛三昧經。法句經。佛藏經。瓔珞經。花嚴經。大般若經。禪門經。涅槃經。楞伽經。思益經。法華經。維摩經。藥師經。金剛般若經。付法藏經。道敎西昇經。釋法琳傳。釋虛實記。開元釋敎。周書異記。漢法內傳。尹喜內傳。牟子。列子。符子。吳書。并古錄。及楊楞伽。鄴都故事等。後漢明帝。永平三年。夜夢見金人。身長一丈六尺。項背圓光。飛行殿庭。於晨旦問朝臣。是何瑞應。太史傅毅奏曰。西方有大聖人。號曰佛。是其像也。明帝曰。何以知之。太史傅毅對曰。周書異記曰。昭王甲寅歲佛生。穆王壬申歲佛滅度。一千年後。敎法流於漢地。今時是也。明帝遣郎中蔡愔博士秦景等。使於天竺國。請得佛像菩薩形像經四十二章。得法師二人。迦葉摩騰。竺法蘭。明帝請昇殿。供養故洛陽城西創置白馬寺。永平十四年正月一日。五岳霍山白鹿山道士。褚善信費齋才等。六百九十人等表奏。臣聞。太上無形。虛無自然。上古同尊。百王不易。陛下棄本逐末。求敎西域。化謂胡神。所說不參。華夏臣等。多有聰惠。博涉經典。

願陛下許臣等得與比校。若有勝者。願除虛詐。如其不如。任從重決。帝曰。依勅所司命辦供具。并五品已上文武內外官寮。至十五日平旦。集於白馬寺。道士在寺門外。置三壇開二十四門。帝在寺門外。置舍利及佛經像。設七寶行殿。褚善信費叔才等。以道經子書符術等。置於壇上。以火驗之。悲淚呪曰。胡神亂我華夏。願太上天尊。曉衆生得辨真偽。道經子書符術等。見火化爲煆燼。道士驚愕。先昇天者昇天不得。先隱形者隱形不得。先入水火者不敢入。先禁呪者喚策不能應。種種功能並無一驗。褚善信費叔才等。自感而死。時佛舍利放五色光明。旋環如蓋。遍覆大衆。光蔽日輪。摩騰法師坐臥虛空。神化自在。天雨寶花及天音樂。竺法蘭梵音讚歎。摩騰法師說偈曰。狐非師子類。燈非日月明。池無巨海納。丘無嵩岳榮。明帝大悅。放五品已上公侯子女及陰夫人等出家。道士六百人投佛出家。法蘭誦出家功德經及佛本生等經。明帝大喜。舉國歸依佛教。明帝問二師。佛號法王。何爲不生於漢國。迦葉摩騰法師對曰。迦毘羅衛城者百千日月之中心。三千大千世界之主。一切龍神有福之者皆生彼國。法王所以生於天竺國。明帝有問法師。佛種族是誰。何時生何時滅。摩騰法師答曰。佛是千代金輪王孫淨飯王子。姓瞿曇氏。亦名釋種。癸丑歲七月十五日。從兜率天宮降下。摩耶夫人託胎。甲寅之歲四月八日。於毘尼園。摩耶夫人右脇而誕。又五百釋種五百白馬乾陟車匿等。供佛四月八日同時生。壬申之歲二月八日。踰城出家。癸未之歲二月十五日。入般涅槃。佛雖不生於漢地。一千年後或五百年後。衆生有緣。先令聖弟子於彼行化。案清淨法行經云。天竺國東北真丹國。人民多不信敬。造

罪者甚衆。吾我今遣聖弟子三人。悉是菩薩。於彼示現行化。摩訶
迦葉彼稱老子。光淨童子彼號仲尼。明月儒童彼名顏回。講論五
經詩書禮樂威儀法則。以漸誘化。然後佛經當往。牟子云。昔漢孝
明皇帝。夜夢見神人。身有日光。飛在殿前。意中欣然也。心甚悅
之。明日傳問群臣。此爲何物有通事。舍人傅毅曰。臣聞。天竺有
德道者。號曰佛。輕舉飛騰。身有日光。殆將其神。於是上悟。遣使
張騫羽林郎中秦博士弟子王尊等一十二人大月氏。寫取佛經
四十二章。在蘭臺石室第十四。即時洛陽城西雍門外起佛寺。其
壁畫朝廷千乘萬騎繞騎十三匹。又於南宮清涼臺及開陽門上作佛
形像。明帝在時。知命無常。先造壽陵。陵曰顯節。亦於其上作佛
圖像。於未滅時。國豐民寧。遠夷慕義。咸來歸德。願爲臣妾者。以
爲億數。故謚曰明也。自是之後。京城左右及州縣處處各有佛寺。
學者由此而滋。晉書云。晉桓帝時。欲刪除佛法。召廬山遠法師。
帝問曰。朕比來見僧尼。戒行不純。多有毀犯。朕欲刪除。揀擇事
今可否。遠公答曰。崑山出玉。上雜塵砂。麗水豐金。猶饒瓦礫。陛
下只得敬法重人。不可輕人慢法。晉帝大赦之。蕭梁武帝會三教
云。小時學周禮。弱冠窮六經。中復觀道書。有名與無名。晚年開
釋卷。猶日勝衆星。按花嚴經云。一切諸佛退位或作菩薩。或作聲
聞。或作轉輪聖王。或作魔王。或作國王大臣。居士長者。婇女百
官。或作大力鬼神。山神河神。江神海神。主日神主月神。晝神夜
神。主火神主水神。一切苗稼神。樹神。及外道。作種種方便。助我
釋迦如來化導衆生。按大般若經陀羅尼品云。爾時舍利子白佛言。
世尊如是般若波羅蜜多甚深經典。佛般涅槃後。何方興盛。佛告舍

利子。如是般若波羅蜜多甚深經典。我涅槃後。從北方至東北方。漸當興盛。彼方多有安住大乘諸苾芻苾芻尼。烏波索迦烏波斯迦。能依如是甚深般若波羅蜜。多深信樂。又佛告舍利子。我涅槃後。後時後分後五百歲。如是甚深般若波羅蜜多。於東北方大作佛事。按付法藏經云。釋迦如來滅度後。法眼付囑摩訶迦葉。迦葉付囑阿難。阿難付囑末田地。末田地付囑商那和修。商那和修付囑優波掬多。優波掬多付囑提多迦。提多迦付囑彌遮迦。彌遮迦付囑佛陀難提。佛陀難提付囑佛陀蜜多。佛陀蜜多付囑脇比丘。脇比丘付囑富那耶奢。富那耶奢付囑馬鳴。馬鳴付囑毘羅長老。毘羅長老付囑龍樹。龍樹付囑迦那提婆。迦那提婆付囑羅侯羅。羅侯羅付囑僧迦那提僧迦那提付囑僧迦耶舍。僧迦耶舍付囑鳩摩羅馱。鳩摩羅馱付囑闍夜多。闍夜多付囑婆修槃陀。婆修槃陀付囑摩拏羅。摩拏羅付囑鶴勒那。鶴勒那付囑師子比丘。師子比丘付囑舍那婆斯已。故從中天竺國來向罽賓國。王名彌多羅掘。其王不信佛法。毀塔壞寺。殺害眾生。奉事外道末曼尼及彌師訶等。時師子比丘故來化此國。其王無道。自手持利劍口云。若是聖人。諸師等總須誠形。時師子比丘示形身流白乳。末曼尼彌師訶等被刑死。流血灑地。其王發心歸佛。即命師子比丘弟子。師子比丘先付囑舍那婆斯已。入南天竺國。廣行教化。度脫眾生。王即追尋外道末曼弟子及彌師訶弟子等。得已於朝堂立架懸首。舉國人射之。罽賓國王告令諸國。若有此法。驅令出國。因師子比丘佛法再興。舍那婆斯付囑優婆掘。優婆掘付囑須婆蜜多。須婆蜜多付囑僧迦羅叉。僧迦羅叉付囑菩提達摩多羅。西國二十九代除達摩多羅。即二十八代也。有東都沙門淨覺師。是玉泉神秀禪師弟子。造楞伽師資血脈記一卷。接引宋朝求那跋陀三藏爲第一祖。不知根由。或亂後學云。是達摩祖師之師求那跋陀。自是譯經三藏小乘學人不是禪師。譯出四卷楞伽經。非開受楞伽經與達摩祖師。達摩祖師自二十八代首尾相傳承僧迦羅叉。後惠可大師親於嵩高山少林寺。問達摩祖師。承上相傳付囑。自有文記分明。彼淨覺師接引求那跋陀稱爲第一祖。深亂學法。法華經云。不許親近三藏小乘學人。求那跋陀三藏譯出四卷楞伽經。名阿跋陀寶楞伽經。魏朝菩提流支三藏譯出十卷。名入楞伽經。唐朝則天時。實又難陀譯出七卷。名入楞伽經。以上盡是譯經三藏。不是禪師。並傳文字教法。達摩祖師宗徒禪法不將一字教來。默傳心印。

제1조 달마

梁朝第一祖菩提達摩多羅禪師者。即南天竺國王第三子。幼而出家。早稟師氏於言下悟。闡化南天。大作佛事。是時觀見漢地衆生有大乘性。乃遣弟子佛陀耶舍二人往秦地。說頓教悟法。秦中大德乍聞狐疑。都無信受。被擯出遂於廬山東林寺。時有法師遠公問曰。大德將何教來。乃被擯出。於是二婆羅門申手告遠公曰。手作拳。拳作手。是事疾否。遠公答曰。甚疾。二婆羅門言。此未爲疾。煩惱即菩提。此即爲疾。遠公深達。方知菩提煩惱本不異。即問曰。此法彼國復從誰學。二婆羅門答曰。我師達摩多羅也。遠公既深信。已便譯出禪門經一卷。具明大小乘禪法。西國所傳法者。亦具引禪經序上。二婆羅門譯經畢。同日滅度。葬于廬山。塔廟見在。達摩多羅聞二弟子漢地弘化無人信受。乃泛海而來至。梁武帝出城躬迎。昇殿問曰。和上從彼國將何教法來化衆生。達摩大師答。不將一字教來。帝又問。朕造寺度人。寫經鑄像。有何功德。大師答曰。並無功德。答曰。此乃有爲之善。非真功德。武帝凡情不曉。乃辭出國。北望有大乘氣。大師來至。魏朝居嵩高山。接引群品六年。學人如雲奔如雨驟。如稻麻竹葦。唯可大師得我髓。時魏有菩提流支三藏光統律師。於食中著毒餉大師。大師食訖。索盤吐蛇一升。又食著毒再餉。大師取食訖。於大磐石上坐。毒出石裂。前後六度毒。大師告諸弟子。我來本爲傳法。今既得人厭。久住何益。遂傳一領袈裟。以爲法信。語惠可。我緣此毒。汝亦不免此難。至第六代傳法者。命如懸絲。言畢遂因毒而終。每常自言。我年一百五十歲。實不知年幾也。大師云。唐國有三人得我法。一人得我髓。一人得我骨。一人得我肉。得我髓者惠可。得我骨者道育。得我肉者尼總持也。葬于洛州熊耳山。時魏聘國使宋雲。於葱嶺逢大師。手提履一隻。宋雲問。大師何處去。答曰。我歸本國。汝國王今日亡。宋雲即書記之。宋雲又問。大師今去。佛法付囑誰人。答。我今去後四十年。有一漢僧。可是也。宋雲歸朝。舊帝果崩。新帝已立。宋雲告諸朝臣說。大師手提一隻履。歸西國去也。其言。汝國王今日亡。實如所言。諸朝臣並皆不信。遂發大師墓。唯有履一隻。簫梁武帝造碑文。西國弟子般若蜜多羅。唐國三人。道育尼總持等。唯惠可承衣得法。

제2조 혜가

北齊朝第二祖惠可禪師。俗姓姬。武牢人也。時年四十。奉事大師
六年。先名神光。初事大師前立。其夜大雪至。腰不移。大師曰。夫
求法不貪軀命。遂截一臂乃流白乳。大師默傳心契。付袈裟一領。
大師云。我緣此毒。汝亦不免善自保愛。可大師問和上。此法本國
承上所傳囑付法者。請爲再說。具如禪經序上說。又問大師。西國
誰人承後亦傳信袈裟否。大師答。西國人信敬。無有矯詐。承後者
是般若波羅蜜多羅承後不傳衣。唐國衆生有大乘性。詐言得道得
果。遂傳袈裟以爲法信。譬如轉輪王子灌其頂者。得七真寶。紹隆
王位。得其衣者。表法正相承。可大師得付囑。以後四十年隱[山*
兒]山洛相二州。後接引群品。道俗歸依不可勝數。經二十年開化
時。有難起。又被菩提流支三藏光統律師徒黨欲損可大師。師付囑
僧璨法已。入司空山隱。可大師後佯狂。於四衢城市說法。人衆甚
多。菩提流支徒黨告可大師云。妖異奏勅。勅令所司推問。可大師。
大師答。承實妖。所司知衆疾。令可大師審。大師確答。我實妖。勅
令城安縣令翟冲侃依法處刑。可大師告衆人曰。我法至第四祖。化
爲名相。語已悲淚。遂示形身流白乳。肉色如常。所司奏帝。帝聞
悔過。此真菩薩。舉朝發心。佛法再興。大師時年一百七歲。其墓
葬在相州城安縣子陌河北五里。東柳搆去墓一百步。西南十五里。
吳兒曹口是。楞伽鄴都故事具載弟子承後傳衣得法僧璨。後釋法
琳造碑文。

제3조 승찬

隋朝第三祖璨禪師。不知何處人。初遇可大師。璨示見大風疾。於
衆中見。大師問。汝何處來。今有何事。僧璨對曰。故投和上。可大
師語曰。汝大風患人。見我何益。璨對曰。身雖有患。患人心與和
上心無別。可大師知璨是非常人。便付囑法及信袈裟。可大師曰。
汝善自保愛。吾有難汝須避之。璨大師亦佯狂市肆。後隱舒州司空
山。遭周武帝滅佛法。隱岏公山十餘年。此山比多足猛獸常損居
人。自璨大師至。並移出境。付囑法并袈裟。後時有岏禪師。月禪
師。定禪師。巖禪師。來至璨大師所云。達摩祖師付囑後。此璨公
真神璨也。定惠齊用。深不思議。璨大師遂共諸禪師往羅浮山隱三
年。後至大會齋。出告衆人曰。吾今欲食。諸弟子奉。大師食畢。告
衆人歡言。坐爲寄。唯吾生死自由。一手攀會中樹枝。掩然立化。
亦不知年幾。塔廟在岏山寺側。弟子甚多。唯道信大師傳衣得法。
承後。薛道衡撰牌文。

제4조 도신

唐朝第四祖信禪師。俗姓司馬。河內人。少小出家。承事璨大師。
璨大師知爲特氣。晝夜常坐。不臥六十餘年。脇不至席。神威奇特。
目閉不視。若欲視人。見者驚悚。信大師於是大業年。遙見吉州。
狂賊圍城。百日已上。泉井枯涸。大師入城。勸誘道俗。令行般若

波羅蜜。狂賊自退。城中泉井再汎。信大師遙見蘄州黃梅破頭山有
紫雲蓋。信大師遂居此山。後改爲雙峯山。貞觀十七年。文武皇帝
勑使於雙峯山。請信禪師入內。信禪師辭老不去。勑使迴見帝奏
云。信禪師辭老不來。勑又遣再請。使至信禪師處。使云。奏勑遣
請禪師。禪師苦辭老不去。語使云。若欲得我頭。任斬將。我終不
去。使迴見帝奏云。須頭任斬將。去心終不去。勑又遣使封刀來取
禪師頭。勑云。莫損和上。使至和上處云。奉勑取和上頭。禪師去
不去。和上云。我終不去。使云。奉勑云。若禪師不來。斬頭將來。
信大師引頭云斬取。使返刀乙項。信大師唱言。何不斬。更待何時。
使云。奉勑不許損和上。信禪師大笑曰。教汝知有人處。後時信大
師大作佛事。廣開法門。接引群品。四方龍像盡受歸依。經三十餘
年。唯弘忍事之得意。付囑法及袈裟。與弘忍訖。命弟子元一師。
與吾山側造龍龕一所。即須早成。後問。龍龕成否。元一師答。功
畢。永徽二年潤九月二十四日。大師素無痾疾。奄然坐化。大師時
年七十有二。葬後周年。石戶無故自開。大師容貌端嚴無改常日。
弘忍等重奉神威儀不勝感慕。乃就尊容加以漆布。自此已後更不
敢閉。弟子甚多。唯有弘忍傳衣得法承後。中書令杜正倫撰碑文。

제5조 홍인

唐朝第五祖弘忍禪師。俗姓周。黃梅人也。七歲事信大師。年十三
入道披衣。其性木訥沈厚。同學輕戲。默然無對。常勤作務。以禮

下人。晝則混迹驅給。夜便坐攝至曉。未常懈倦。三十年不離信大師左右。身長八尺。容貌與常人絶殊。得付法袈裟。居憑茂山。在雙峯山東西相去不遙。時人號爲東山法師。即爲憑茂山是也。非嵩山是也。時有狂賊可達寒奴斅等。圍繞州城數匝。無有路入。飛鳥不通。大師遙見來彼城。群賊退散。遞言。無量金剛執杵趁我怒目切齒。我遂奔散。忍大師却歸憑茂山。顯慶五年。大帝勅使黃梅憑茂山。請忍大師。大師不赴所請。又勅使再請不來。勅賜衣藥。就憑茂山供養。後四十餘年接引道俗。四方龍像歸依奔湊。大師付囑惠能法及袈裟。後至咸享五年。命弟子玄賾師。與吾起塔。至二月十四日。問塔成否。答言。功畢。大師云。不可同佛二月十五日入般涅槃。又云。吾一生教人無數。除惠能餘有十爾。神秀師。智詵師。智德師。玄賾師。老安師。法如師。惠藏師。玄約師。劉王薄。雖不離吾左右。汝各一方師也。後至上元二年二月十一日。奄然坐化。忍大師時年七十四。弟子惠能傳衣得法承後。學士閭丘均撰碑文。

제6조 혜능

唐朝第六祖韶州漕溪能禪師。俗姓盧。范陽人也。隨父宦嶺外居新州。年二十二。來至憑茂山。禮忍大師。初見大師問。汝從何來。答言。從新州來。唯求作佛。忍大師曰。汝新州是獦獠。能禪師答。身雖是獠。佛性豈異和上。大師深知其能。再欲共語。爲衆人在左右。

106

令能隨衆踏碓八箇月。碓聲聲相似。忍大師就碓上密說。直了見
性。於夜間潛喚入房。三日三夜共語。了付囑法及袈裟。汝爲此世
界大師。即令急去。大師自送。過九江驛。看渡大江已却迴歸。諸
門徒並不知付法及袈裟與惠能。去三日。大師告諸門徒。汝等散
去。吾此間無有佛法。佛法流過嶺南。衆人咸驚。遞相問。嶺南有
誰。潞州法如師對曰。惠能在彼。衆皆奔湊。衆中有一四品官將軍。
捨官入道。字惠明。久在大師左右。不能契悟。聞大師此言。即當
曉夜倍逞奔趨。至大庚嶺上。見能禪師。禪師怕急恐性命不存。乃
將所傳法袈裟過與惠明禪師。惠明禪師曰。我本不爲袈裟來。忍大
師發遣之日。有何言教。願爲我說。能禪師具說心法直了見性。惠
明師聞法已。合掌頂禮。發遣能禪師急過嶺去。在後大有人來相
趁。其惠明禪師。後居象山。所出弟子亦只看淨。能禪師至韶州漕
溪。四十餘年開化道俗雲奔。後至景雲二年。命弟子立楷。令新州
龍山造塔。至先天元年。問塔成否。答成。其年九月。從漕溪僧立
楷智海等問和上。已後誰人得法承後傳信袈裟。和上答。汝莫問。
已後難起極盛。我緣此袈裟。幾度合失身命不存。在信大師處三度
被偷。在忍大師處三度被偷。乃至吾處六度被偷。我此袈裟女子
將去也。更莫問我。汝若欲知得我法者。我滅度後二十年外豎立我
宗旨。即是得法人。至先天二年。忽告門徒。吾當大行矣。八月三
日夜。奄然坐化。大師春秋七十有六。漕溪溝澗斷流。泉池枯竭。
日月無光。林木變白。異香氛氳。三日三夜不絕。其年於新州國恩
寺迎和上神座。至十一月葬於漕溪。太常寺承韋造碑文。至開元七
年。被人磨改刻別造碑。近代報修侍郎宋鼎撰碑文。

自教法東流三百年。前盡無事相法則。後因晉石勒時。佛圖澄弟子道安法師在襄陽。秦苻堅遙聞道安名。遂遣使伐襄陽取道安法師。秦帝重遇之。長安衣冠子弟詩賦諷誦皆依附學。不依道安法師。義不中難此是也。智辯聰俊。講造說章門。作僧尼軌範。佛法憲章。受戒法則。條爲三例。一曰行香定坐。二曰常六時禮懺。三曰每月布薩悔過。事相威儀法事呪願讚歎等。出此道安法師。近代蜀僧嗣安法師。造齋文四卷。現今流行。楞伽經云。乃至有所立。一切皆錯亂。若見於自心。則是無爲淨。又云。若依止少法。而有少法起。若依止於事。此法即便壞。又云。隨言而取義。建立於佛法。以彼建立故。死墮地獄中。又云。理教中求我。是妄垢惡離。離聖教正理。欲滅或返增。是外道狂言。智者不應說。金剛經云。離一切諸相即名諸佛。又云。若以色見我。以音聲求我。是人行邪道。不能見如來。思益經云。比丘云何隨佛教。云何隨佛語。若稱讚毀辱。其心不動。是隨佛教。又答云。若不依文字語言。是名隨佛語。比丘云何應受供養。答言。於法無所取者。云何消供養。不爲世法之所牽者。誰人報佛恩。答言。依法修行者。諸小乘禪及諸三昧門。不是達摩祖師宗旨。列名如後。白骨觀。數息觀。九相觀。五停觀。日觀。月觀。樓臺觀。池觀。佛觀。又禪祕要經云。人患熱病相涼冷觀。患冷病作熱相觀。色相作毒蛇觀不淨觀。愛好飯食作蛇蛆觀。愛好衣作熱鐵纏身觀。諸餘三昧觀等。禪門經云。坐禪觀中。見佛形像。三十二相。種種光明。飛行騰虛空。變現自在。爲真耶爲虛妄。佛言。坐禪見空無有物。若見於佛三十二相。種種光明。飛騰虛空。變爲自在。皆是自心顛倒。繫著磨網。於空寂滅見如是事。

108

即虛妄。楞伽經云。如是種種相。墮於外道見。法句經云。若學諸
三昧。是動非坐禪。心隨境界流。云何名為定。金剛經三昧經云。
我不入三昧。不住坐禪。是無生禪。思益經云。不依止欲界。不住
色無色。行如是禪定。是菩薩遍行。維摩經云。維摩詰訶舍弗林
間晏坐。訶須菩提大迦葉不平等。轉女身經云。無垢光女訶天帝
釋。汝聲聞乘人。畏生死樂涅槃。決定毘尼經。菩薩乘人。畏生持
開通戒。聲聞乘人。持盡遮戒盡護戒。藥師經云。佛訶阿難。汝聲
聞人。如盲如聾。不識無上空義。佛頂經云。訶聲聞人。得少為足
此七。佛藏經云。舍利弗。如來在世。三寶一味。我滅度後。分為五
部。舍利弗。惡魔於今。猶尚隱身。佐助調達。破我法僧。如來大
智。現在世故。弊惡魔衆。不能成其大惡。當來之世。惡魔變身。作
沙門形。入於僧中。種種邪說。令多衆生。入於邪見。為說邪法。爾
時惡人。為魔所迷。各執所見。我是彼非。舍利弗。如來豫見未來
世中如是破法事。故說是深經。悉斷惡魔諸所執著。阿難。譬如惡
賊於王大臣不敢自見盜他物者。不自言賊。如是阿難。破戒比丘成
就非沙門法。尚不自言我是惡人。況能向餘人說自言罪。阿難。如
是經者。破戒比丘隨得聞時。自降伏則有慚愧。持戒比丘得自增
長。大佛頂經云。即時如來普告大衆及阿難言。汝等有學緣覺聲
聞。今日迴心趣大菩提無上妙覺。吾今已說真修行法。汝由未識。
修奢摩他。毘鉢舍邪。微細魔事。境現前。汝不能識。洗心非正。落
於邪見。或汝蘊魔。或復天魔。或著鬼神。或遭魑魅。心中不明。認
賊為子。又復於中。得少為足。如第四禪無聞比丘。妄言證聖。天
報已畢。衰相現前。謗阿羅漢。身遭難後。有墮入阿鼻地獄。所以

釋迦如來傳金襴袈裟。令摩訶迦葉在雞足山。待彌勒世尊下生分
付。今惡世時。學禪者衆。我達摩祖師遂傳袈裟表其法正。令後學
者有其稟承也。忽大師當在黃梅憑茂山日。廣開法門。接引群品。
當此之時。學道者千萬餘人。並是昇堂入室。智詵、神秀、玄蹟、義
方、智德、惠藏、法如、老安、玄約、劉主薄等。並盡是當官領袖。蓋
國名僧。各各自言。為大龍像。為言得底。乃知非底也。忽有新州
人。俗姓盧。名惠能。年二十二。拜忍大師。大師問。汝從何來。有
何事意。惠能答言。從嶺南來。亦無事意。唯求作佛。大師知是非
常人也。大師緣左右人多。汝能隨衆作務否。惠能答。身命不惜。
但作務。遂遛踏碓八箇月。大師惠能根機成就。遂默喚付法及與所
傳信袈裟。即令出境。後惠能恐畏人識。常隱在山林。或在新州。
或在韶州。十七年在俗。亦不說法。後至海南制心寺。遇印宗法師
講涅槃經。惠能亦在坐下。時印宗問衆人。汝總見風吹幡。于上頭
幡動否。衆言見動。或言見風動。或言見幡動。不是幡動。是見動。
如是問難不定。惠能於座下立答法師。自是衆人妄相心。動與不
動。非見幡動。法本無有動不動。法師聞說驚愕忙然。不知是何言。
問。居士從何處來。惠能答。本來不來。今亦不去。法師下高座。迎
惠能就房。子細借問。一一具說東山佛法及有付囑信袈裟。印宗法
師見已。頭面禮足歎言。何期座下有大菩薩。語已又頂禮。請惠能
為和上。印宗師自稱弟子。即與惠能禪師剃頭披衣已。自許弟子
及講下門徒歎言。善哉善哉。黃梅忍大師法比見聞流嶺南。誰知今
在此間。衆人識否。咸言不識。印宗法師曰。吾所說法猶如瓦礫。
今有能禪師。傳忍大師法。喻如真金深不思議。印宗法師領諸徒

衆。頂禮能禪師足。恐人疑。及請所傳信袈裟。示衆人。并自身受
菩薩戒。印宗師共大衆送。能禪師歸漕溪。接引群品。廣開禪法。
天下知聞漕溪法最不思議。後時大周立則天即位。敬重佛法。至長
壽元年。勑天下諸州。各置大雲寺。二月二十日。勑使天冠郎中張
昌期。往韶州漕溪。請能禪師。能禪師託病不去。則天後至萬歲通
天元年。使往再請能禪師能禪師。既不來。請上代達摩祖師傳信
袈裟。朕於內道場供養。能禪師依請即擎達摩祖師傳信袈裟與勑
使。迴得信袈裟。則天見得傳信袈裟來甚喜悅。於內道場供養。萬
歲通天二年七月。則天勑天冠郎中張昌期。往資州得純寺。請詵禪
師。詵禪師授請赴京內道場供養。至久待年。使荊州玉泉寺請秀禪
師。安州受山寺請玄賾禪師。隨州大雲寺請玄約禪師。洛州嵩山會
善寺請老安禪師。則天內道場供養。則天本請大德。緣西國有三藏
婆羅門。則天常偏敬重。釼南智詵禪師當有疾。思念歸鄉。爲關山
阻遠。心有少憂。其邪通婆羅門云。彼與此何殊。禪師何得思鄉。
智詵答。三藏何以知之。答云。禪師但試舉意看無有不知者。詵有
云。去也。看相身著俗人衣裳於西市曹門看望。其三藏云。大德僧
人何得著俗衣市中而看。詵又云。好看去也。相身往禪定寺佛圖相
輪上立。三藏又云。僧人何得登高而立。詵云。趂迴好好更看去也。
即當處依法想念不生。其三藏於三界內尋看竟不可得。三藏婆羅
門遂生敬仰。頂禮詵足。白和上言。不知唐國有大佛法。今自責身
心懺悔。則天見三藏歸依詵禪師。則天諮問諸大德。和上等有慾
否。神秀玄約老安玄賾等皆言無慾。則天問詵禪師。和上有慾否。
詵禪師恐不放歸順則天意。答有慾。則天又問云。何得有慾。詵答

曰。生則有慾。不生則無慾。則天言下悟。又見三藏歸依詵和上。則天倍加敬重。詵禪師因便奏請歸鄉。勅賜新翻花嚴經一部。彌勒繡像及幡花等。及將達摩祖師信袈裟。則天云。能禪師不來。此代袈裟亦奉上和上。將歸故鄉永爲供養。則天至景龍元年十一月。又使內侍將軍薛蕳至曹溪能禪師所。宣口勅云。將上代信袈裟奉上詵禪師。將受持供養。今別將摩納袈裟一領。及絹五百疋充乳藥供養。

제7조 지선

資州德純寺智詵禪師。俗姓周。汝南人也。隨官至蜀。年十歲常好釋教。不食薰莘。志操高標。不爲童戲。年十三。辭親入道場。初事玄奘法師學經論。後聞雙峯山忍大師。便辭去玄奘法師。捨經論。遂於憑茂山投忍大師。云。汝兼有文字性。後歸資州德純寺。化道衆生。造虛融觀三卷。緣起一卷。般若心疏一卷。後至萬歲通天二年七月。則天勅天冠郎中張昌期於德純寺請。遂赴西京。後因疾進奏表。却歸德純寺。首尾三十餘年。化道衆生。長安二年六日。命處寂扶侍吾。遂付袈裟云。此衣是達摩祖師所傳袈裟。則天賜吾。吾今付汝。善自保愛。至其年七月六日夜。奄然坐化。時年九十四。

제8조 처적

處寂禪師。綿州浮城縣人也。俗姓唐。家代好儒。常習詩禮。有分
義孝行。年十歲。父亡。歎曰。天地既無。我聞佛法不可思議。拔生
死苦。乃投詵和上。詵和上問。汝何來。答云。故投和上。和上知非
常人。當赴京日。遂擔大師至京。一肩不移。身長八尺。神情稟然。
於衆獨見其首。見者欽貴。後還歸居資州德純寺。化道衆生二十餘
年。後至開元二十年四月。密遺家人王鍠喚海東無相禪師。付囑
法及信袈裟云。此衣是達摩祖師衣。則天賜詵和上。和上與吾。吾
轉付汝。善自保愛。覓好山住去。後至其年五月二十七日。告諸門
徒。吾不久住。至夜半子時。奄然坐化。處寂大師時年六十八。

제9조 무상

釼南城都府淨泉寺無相禪師。俗姓金。新羅王之族。家代海東。昔
在本國。有季妹。初下聞禮娉授刀割面誓言志歸真。和上見而歎
曰。女子柔弱。猶聞雅操。丈夫剛強。我豈無心。遂削髮辭親。浮海
西渡。乃至唐國。尋師訪道。周遊涉歷。乃到資州德純寺。禮唐和
上。和上有疾。遂不出見。便然一指爲燈。供養唐和上。唐和上知
其非常人。便留左右二年。後居天谷山。却至德純寺。唐和上遺家
人王鍠。密付袈裟信衣。此衣是達摩祖師傳衣。則天賜與詵和上。
詵和上與吾。吾今付囑汝。金和上得付法及信衣。遂居谷山石巖

下。草衣節食。食盡喰土。感猛獸衛護。後章仇大夫請開禪法。居淨泉寺。化道眾生。經二十餘年。後至寶應元年五月十五日。忽憶白崖山無住禪師。吾有疾計。此合來看吾。數度無住禪師何爲不來。吾將年邁。使工人蕭璿將吾信衣及餘衣一十七事。密送與無住禪師。善自保愛。未是出山時。更待三五年。聞太平即出。遙付囑訖。至五月十九日。命弟子。與吾取新淨衣。吾欲沐浴。至夜半子時。儼然坐化。是時日月無光。天地變白。法幢摧折。禪河枯涸。眾生失望。學道者無依。大師時年七十九。金和上每年十二月正月。與四眾百千萬人受緣嚴設道場處。高座說法。先教引聲念佛盡一氣念。絕聲停念訖云。無憶無念莫妄。無憶是戒。無念是定。莫妄是惠。此三句語即是總持門。又云。念不起猶如鏡面能照萬像。念起猶如鏡背即不能照見。又云。須分明知起知滅。此不間斷。即是見佛。譬如二人同行俱至他國。其父將書教誨。一人得書尋讀已畢。順其父教不行非法。一人得書尋讀已畢。不依教示熾行諸惡。一切眾生依無念者。是孝順之子。著文字者。是不孝之子。又云。譬如有人醉酒而臥。其母來喚。欲令還家。其子爲醉迷亂。惡罵其母。一切眾生無明酒醉。不信自身見性成佛。又起信論云。心真如門心生滅門。無念即是真如門。有念即生滅門。又云。無明頭出。般若頭沒。無明頭沒。波般若頭出。又引涅槃經云。家犬野鹿。家犬喻妄相。野鹿喻佛性。又云。綾本來是絲。無明文字。巧兒織成。乃有文字。後折却還是本然絲。絲喻佛性。文字喻妄相。又云。水不離波。波不離水。波喻妄念。水喻佛性。又云。擔麻人轉逢銀所。一人捨麻取銀。餘人言。我擔麻已定。終不能棄麻取銀。又至金所。

棄銀取金。諸人云。我擔麻已定。我終不棄麻取金。金喻涅槃。麻喻生死。又云。我此三句語。是達摩祖師本傳教法。不言是詵和上唐和上所說。又言。許弟子有勝師之義。緣詵唐二和上不說了教。曲承信衣。金和上所以不引詵唐二和上說處。每常座下教戒真言。我達摩祖師所傳。此三句語是總持門。念不起是戒門。念不起是定門。念不起惠門。無念即是戒定惠具足。過去未來現在恒沙諸佛皆從此門入。若更有別門。無有是處。東京荷澤寺神會和上每月作檀場。為人說法。破清淨禪。立如來禪。立知見立言說。為戒定惠。不破言說云。正說之時即是戒。正說之時即是定。正說之時即是惠。說無念法立見性。開元中滑臺寺為天下學道者定其宗旨。會和上云。更有一人說。會終不敢說。為會和上不得信袈裟。天寶八載中。洛州荷澤寺亦定宗旨。被崇遠法師問。禪師於三賢十聖修行。證何地位。會答曰。涅槃經云。南無純陀。南無純陀。身同凡夫。心同佛心。會和上却問遠法師。講涅槃經來得幾遍。遠法師答。三十餘遍。又問。法師見佛性否。法師答不見。會和上云。師子吼品云。若人不見佛性。即不合講涅槃經。若見佛性。即合講涅槃經。遠法師問和上見否。會答見。又問。云何為見。復眼見。耳鼻等見。會答。見無爾許多。見只沒見。又問。見等純陀否。會答。比量見。比於純陀。量等純陀不敢定斷。又被遠法師問。禪師上代袈裟傳否。會答傳。若不傳時。法有斷絕。又問。禪師得不。答不在會處。法師又問。誰得此袈裟。會答。有一人得。已得自應知。此人若說法時。正法流行。邪法自滅。為佛法事大所以隱而未出。會和上在荊府時。有西國人迦葉賢者安樹提等二十餘人。向和上說法處問。上代信

袈裟和上得否。答不在會處。却問。賢者等從何處來。迦葉答。從
釖南來。問。識金禪師否。迦葉答。並是金和上弟子。會和上問。汝
金禪師教道如何。迦葉答。無明頭出涅槃頭沒。般若頭出無明頭
沒。有念猶如鏡背。會和上叱之。莫說此閑言。汝姓迦葉是婆羅門
種姓。計合利根乃是尿床婆羅門耳。和上云。汝釖南詵禪師是法
師不說了教。唐禪師是詵禪師弟子。亦不說了教。唐禪師弟子梓
州趙法師是陵王是師。已西表是法師。益州金是禪師。說了教亦
不得。雖然不說了教。佛法只在彼處。郎中馬雄使到漕溪禮能和
上塔。問守塔老僧。上代傳信袈裟何在。老師答。能和上在。立揩
師智海師等問能和上。承上袈裟傳否。佛法付囑誰人。能和上答。
我衣女子將去。我法我死後二十年外。竪立宗旨是得我法也。釖
南城都府大曆保唐寺無住和上。每爲學道四衆百千萬人。及一人
無有時節。有疑任問。處座說法。直至見性。以直心爲道場。以發
行爲道場。以深心爲道場。以無染爲道場。以不取爲道場。以不捨
爲道場。以無爲爲方便。以廣大爲方便。以平等爲方便。以離相爲
火。以解脫爲香。以無罣礙爲懺悔。以無念爲戒。以無爲無所得爲
定。以不二爲惠。不以嚴設爲道場。和上云。一切衆生本來清淨。
本來圓滿。添亦不得。減亦不得。爲順一念漏心。三界受種種身。
假名善知識指本性。即成佛道。著相即沈輪。爲衆生有念。假說無
念。有念若無。無念不自。滅三界心。不居寂地。不住事相。不無功
用。但離虛妄。名爲解脫。又云。有心即是波浪。無心即是外道。順
生死即是衆生垢依。寂滅即是涅槃。不順生。不依寂滅。不入三昧。
不住坐禪。無生無行。心無得失。影體俱非。性相不立。

제10조 무주

和上鳳翔郿縣人也。俗姓李。法號無住。年登五十。開元年。代父朔方展効。時年二十。膂力過人。武藝絕倫。當此之時。信安王充河朔兩道節度使。見和上。有勇有列。信安王留充衛前遊弈先峯官。和上每日自歎。在世榮華誰人不樂。大丈夫兒未逢善知識。一生不可虛棄。遂乃捨官宦。尋師訪道。忽遇白衣居士陳楚璋。不知何處人也。時人號爲維摩詰化身。說頓教法。和上當遇之日。密契相知。默傳心法。和上得法已。一向絕思斷慮。事相並除。三五年間。白衣修行。天寶年間。忽聞范陽到次山有明和上。東京有神會和上。大原府有自在和上。並是第六祖師弟子。說頓教法。和上當日之時亦未出家。遂往太原禮拜自在和上。自在和上說。淨中無淨相。即是真淨佛性。和上聞法已。心意快然。欲辭前途。老和上共諸師大德苦留。不放此真法棟梁。便與削髮披衣。天寶八載具戒已。便辭老和上。向五臺山清涼寺。經一夏聞說。到次山明和上。縱由神會和上語意即知意況。亦不住。天寶九載夏滿出山。至西京安國寺崇聖寺往來。天寶十載。從西京却至北靈州。居賀蘭山二年。忽有商人曹瓌禮拜問。和上到釖南識金和上否。答云。不識。瓌云。和上相貌一似金和上。鼻梁上有靨。顏狀與此間和上相似。更無別也。應是化身。和上問曹瓌。居士從釖南來。彼和上說何教法。曹瓌答。說無憶無念莫妄。弟子當日之時。受緣訖辭。金和上問。瓌何處去。瓌答曰。父母在堂。辭欲歸觀省。金和上語瓌云。不憶不念總放却朗朗蕩蕩。看有汝父母否。瓌當日之時。聞已未識。

今呈和上。聞說豁然。遙與金和上相見。遂乃出賀蘭山。至灵州出行文。往釰南禮金和上。遂被留。後姚詞王不放。大德史和上。辯才律師。惠莊律師等諸大德不放來。至德二載十月。從北靈出。向定遠城及豐寧軍使揚含璋處出行文。軍使苦留問和上。佛法爲當只在釰南。爲復此間亦有。若彼此一種。緣何故去。和上答。若識心見性。佛法遍一切處。無住爲在學地。善知識在釰南。所以遠投軍使。又問和上。善知識是誰。和上答。是無相和上。俗姓金。時人號金和上也。軍使頂禮。便出行文。和上漸漸南行至鳳翔。又被諸大德苦留不放。亦不住。又取太白山路入住太白山。經一夏滿取細水路出至南涼州。諸僧徒衆苦留不住。乾元二年正月。到城都府淨泉寺。初到之時。逢安乾師。引見金和上。和上見非常歡喜。令遣安乾師作主人。安置在鐘樓下院。其時正是受緣之日。當夜隨衆受緣。經三日三夜。金和上每日於大衆中高聲唱言。緣何不入山去。久住何益。左右親事弟子怪。金和上不曾有此語。緣何忽出此言。無住和上默然入山。後金和上憶緣何不來。空上座奏上座欲得相識。恐後相逢彼此不知是誰。和上向倪朝說。吾雖此間每常與金和上相見。若欲不相識。對面千里。吾重爲汝說一緣起。佛昔在日夏三月。忉利天爲摩耶夫人說法。時十六大國王及一切衆生悉皆憶佛。即令大目犍連往忉利天請佛。佛降下閻浮時。須菩提在石室中。聞佛降下。即欲出室。自念云。我聞世尊說。若在三昧。即見吾。若來縱見吾色身。有何利益便即却入三昧。是時蓮華色比丘尼擬除惡名。即欲在前見佛。諸大國王龍神八部闒匝圍遶。無有路入。化身作大轉輪王。千子圍遶。龍神國王悉皆開路。蓮華色比丘尼

還作本身。圍遶世尊已。合掌說偈。我初見佛。我初禮佛。說偈已
作禮而立。爾時世尊告比丘尼。於此會中。汝最在後。比丘尼白世
尊。於此會中。無有阿羅漢。云何言我在後。世尊告比丘尼。須菩
提在石室中。常在三昧。所以得見吾法身。汝縱來見色身。所以在
後。佛有明文。無住所以不去。同住道逸師習誦禮念。和上一向絕
思斷慮。入自證境界。道逸共諸同學小師白和上云。請六時禮懺。
伏願聽許。和上語道逸等。此間糧食並是絕斷。并人般運深山中不
能。依法修行。欲得學狂。此並非。佛頂經云。狂心不歇。歇即菩
提。勝淨明心。本同法界。無念即是見佛。有念即是生死。若欲得
禮念即出山。平下大有寬閑寺舍。任意出去。若欲得同住。一向無
念。得即任住。不得即須下山去。道逸師見不遂本意。辭和上出天
蒼山。來至益州淨泉寺。先見空上座等說。山中無住禪師不行禮懺
念誦空閑坐云。何空等聞說。倍常驚怪。豈是佛法領。道逸師見金
和上。道逸禮拜未了。何空等諮金和上云。天蒼山無住禪師只空閑
坐禪。不肯禮念。亦不教同住人禮念。豈有此事可是佛法。金和上
叱何空道逸等。汝向後吾在學地時。飯不及喫。只空閑坐。大小便
亦無功夫。汝等不識。吾當天谷山日。亦不禮念。諸同學嗔。吾並
不出山去。無人送糧。惟練土爲食。亦無功夫。出山一向閑坐。孟
寺主聞諸同學說。吾閑坐。便向唐和上讒吾。唐和上聞說。倍加歡
喜。吾在天谷山亦不知讒。聞唐和上四大違和。吾從天谷山來至資
州德純寺。孟寺主見吾來。不放入寺。唐和上聞吾來。使人喚吾。
至堂前吾禮拜未訖。唐和上便問。汝於天谷山作何事業。吾答。總
不作。只沒忙。唐和上報吾。汝於彼忙。吾亦忙矣。唐和上知衆人

不識。和上云居士。達摩祖師一支佛法流在釰南金和上即是。若不受緣，恰似寶山空手歸。璩聞已合掌起立。弟子即入成都府受緣去。和上山中知金和上山中遙憶彼。即知憶遂向璩說。此有茶芽半斤。居士若將此茶芽爲信奉上金和上。傳無住語。頂禮金和上。金和上若問無住。云無住未擬出山。璩即便辭和上。將所奉上茶芽至逮巳月十三日至成都府淨泉寺。爲和上四體違和。輒無人得見。董璩逢菩提師。引見金和上。具陳無住禪師所奉上茶芽傳頂禮。金和上聞說及見茶芽。非常歡喜。語董璩。無住禪師既有信來。何得不身自來。董璩答。無住禪師來日。未擬出山。金和上問董璩。汝是何人。董璩詆金和上答。是無住禪師親事弟子。金和上向董璩云。歸白崖山日。吾有信去。汝須見吾來。至十五日見金和上。璩欲歸白崖山。取和上進止。其時發遣左右親事弟子。汝等總出堂外去。即喚董璩入堂。和上遂將袈裟一領。人間有呈示璩。此是則天皇后與詵和上。詵和上與唐和上。唐和上與吾。吾傳與無住禪師。此衣久遠已來保愛。莫遣人知。語已悲淚哽咽。此衣嫡嫡相傳付授。努力努力。即脫身上袈裟。覆膞裙衫坐具共有一十七事。吾將年邁。汝將此衣物。密送與無住禪師。傳吾語。善自保愛努力努力。未出山時。更待三五年間。自有貴人迎汝出。便即發遣董璩急去。莫教人見。董璩去後。金和上云。此物去遲到頭還達。金和上正語之時。左右無人。堂外弟子聞和上語聲。一時入堂。問和上云。何獨語。只汝語。爲金和上四大違和。諸人見擬。便問和上。承上所傳信衣何在。和上和上佛法付囑誰人。金和上言。法無住處去。衣向木頭掛著。無一人得。金和上向諸人言。此非汝境界。各著本處去。元年逮巳月十五日改爲寶應元年五月十五日。遙付囑訖。至十九日。命弟子。與吾取新淨衣。吾今沐浴。至夜半子時。儼然坐化。副元帥黃門侍郞杜相公。初到成都府日。聞金和上不可思議。和上既化。合有承後弟子。遂就淨泉寺衡山寧國寺。觀望見金和上在日蹤跡。相公借問小師等。合有承後弟子僧人得衣鉢者。小師答。亦無人承後。和上在日有兩領袈裟。一領衡山寧國寺。一領留淨泉寺供養。相公不信。又問諸律師。鴻漸遠聞。金和上是善知識。承上已來師師相傳授付囑衣鉢。金和上既化。承後弟子何在。律師答相公云。金禪師是外國蕃人。亦無佛法。在日亦不多說法語不能正。在日雖足供養布施。只空有福德。弟子亦不閑佛法。相公高鑒。即知盡是嫉言。即迴歸宅。問親事孔目官馬良康然等。知釰南有高行僧大德否。馬良答。院內常見節度軍將說。鼕崖關西白崖山中有無住禪師。得金和上衣鉢。是承後弟子。此禪師得業深厚。亦不曾出山。相公聞說。向馬良等。鴻漸遠聞。金和上是大善知識。昨自到衡山寧國寺淨泉寺。問金和上親事弟子。皆云。無承後弟子及得衣鉢。又問律師。咸言毀謗。據此蹤由。白崖山無住禪師必是道者。即於大衙日。問諸軍將等。知此管內有何名僧大德否。節度副使牛望仙李靈應歸誠王董嘉會張溫陰洽張餘光張軫韋鸞秦逖等諮相公。白崖山中有無住禪師。金和上衣鉢在彼禪師處。不可思議。相公問牛望仙君等。何以得知。答。望仙高大夫差充石碑營使。爲道場不遠。數就頂禮知不可思議。相公又問。適言衣鉢在彼。誰人的實。秦逖張鍠諮傷曰。逖等充左右巡虞侯。金和上初滅度日。兩寺親事弟子啾唧囑常侍向大夫說。金和上信衣不知的實。及不肯焚燒。高大夫判付左右巡虞侯。推問得實領過。當日初只得兩領袈裟。兩寺各得一領。信衣不知尋處。當日不知有鼉崖關西白崖山中有無住禪師。後被差充十將領兵馬上西山打當狗城未進軍。屯在石碑營。寄住行營近道場。逖共諸軍將齋供養到彼。見此禪師。與金和上容貌一種。逖等初見。將是金和上化身。借問逗留。知金和上衣鉢先遣人送。被隱二年不送。賣與僧人。僧人得夜。有神人遣還本主。若不還必損汝命。買人遞相告報。後賣不得。還到彼禪師處。逖等初聞當時推尋不知袈裟居處。今在此間。即請頂禮亦不生難。便擎袈裟出呈示諸軍將官健等。所以知在彼處。相公聞說。奇哉奇哉。僧人隱沒佛法不如俗人。節度副使李靈應張溫牛望仙歸城王薰嘉會韋鸞秦逖等。即衆連署狀請和上。相公向諸軍將知無住禪師。自有心請。相公差光祿鄉慕容鼎爲專使。即令出文牒。所在路次州縣嚴捜旛華。僧道耆壽及音聲。差一百事縣官就山同請。文牒未出。淨泉寧國兩寺小金師張大師聞請無住和上。惶怖無計。與諸律師平章擬作魔事。先嚴尚書表。弟子簫律師等囑太夫人。奪金和上禪院爲律院。金和上禪堂爲律堂。小金師苟且安身簫律師等相知計會爲律院。立碑都昂撰文。律師張知與王英耀及小金師張大師。囑都昂郎中。律師王英耀共王謇侍鄉同姓相認爲兄弟。囑崔僕射任夫人。設齋食訖。小金師即擎裴僕射所施袈裟。呈示僕射及夫人。小金師悲淚云。此是承上信袈裟。僕射言。肝由來不知此事。請無住禪師相公意重。不關肝事。都昂王謇曲黨恐奪。律師院迴顧問諸律師。此山僧無住禪師有何道業。英耀律師等答。若請此無住禪師。無有知解。若請此僧深不益。緇流尚書問。

122

緣何不益。緇流答。有一人。於汶州刻鏤功德。平德袈裟一領。計直二十千文。被彼禪師奪。工人衣不還云。是和上與我。不行事相禮念。據此蹤猶即是不益。緇流僕射向律師云。肝先在西山兵馬使知意況。律師等何用相誣。語已離蓆。魔黨失色無計。魔事便息。永泰二年九月二十三日。慕容鼎專使縣官僧道等。就白崖山請和上。傳相公僕射監軍請頂禮。願和上不捨慈悲。爲三蜀著生作大橋樑。慇懃苦請。和上知相公深閑佛法愛慕大乘。知僕射仁慈寬厚。知監軍敬佛法僧。審知是同緣同會不逆所請。即有幡花寶蓋。諸州大德恐和上不出白崖山。亦就山門同來赴請。即寶輿迎和上令坐輿中。和上不受。步步徐行。欲出山之日。茂州境內六迴震動。山河吼虫鳥鳴。百姓互相借問。是何祥瑞。見有使來迎和上。當土僧尼道俗再請留和上。專使語僧俗等。是相公僕射意重爲三蜀著生。豈緣此境約不許留。當和上未出山日。寇盜競起。諸州不熟。穀米湧貴。百姓惶惶。相公僕射迎和上出山。所至州縣穀米倍賤。人民安樂。率土豐熟。寇盜盡除。晏然無事。和上到州。州吏躬迎。至縣。縣令引路。家家懸幡。戶戶焚香。咸言。著生有福。道俗滿路。唱言。無相和上去。無住和上來。此即是佛佛授手。化化不絕。燈燈相傳。法眼再朗。法幢建立。大行佛法矣。相公令都押衙欽華遠迎和上。欽押衙傳相公語云。鴻漸忽有風疾。不得遠迎。至日頂禮。釖南西川節度使左僕射兼鄉史大夫成都尹崔公令都虞侯王休處嚴少府監李君昭衙前虞侯杜璋等。傳僕射語。頂禮和上。弟子是地主自合遠迎。緣相公風疾。所以弟子及監軍使不敢先來。伏願和上照察。傳語已一時便引和上至空惠寺安置。是九月二十九日。到

十月一日。杜相公吳監軍使諸郎官侍鄉東川留後郎中杜濟行軍杜
藏經功南使中丞鮮于齊明郎中楊炎杜亞都昂馬雄岑參觀察判官
員外李布員外柳子華青苗使吳郁祖庸使韋夏有侍鄉狄博濟崔伉
崔偶王謇蘇敏司馬廉兩少尹成賁白子昉兩縣令斑瑑等。先來白和
上云。相公來謁。和上答。來即從他來。押衙等白和上。國相貴重。
應須出迎。和上答。不合迎。迎即是人情。不迎是佛法。押衙又欲
語。相公入院見和上。容儀不動。儼然安祥。相公頓身下階。禮拜
合掌。問信起居。諸郎官侍卿未曾見有此事。乍見和上不迎。兩兩
相看問。緣何不迎不起。郎中楊炎杜亞相久事相云。深識意旨。亦
閑佛法語。諸郎官等觀此禪師必應有道。相公自鑒。何用怪耳。是
日門外節度副使都虞侯乍聞和上見相公不起。戰懼失色。流行霢
霂。使人潛聽。更待處分。見相公坐定言笑。和上說法。相公合掌
叩額。諸官等憙。門外人聞已便無憂。相公初坐問和上。因何至此。
和上云。遠投金和上。相公又問。先在何處。今來遠投金和上。和
上說何教法。無住答。曾臺山抱腹寺并汾州等及賀蘭山。坐聞金
和上說頓教法。所以遠投。相公問。金和上說無憶無念莫妄是否。
和上答是。相公又問。此三句語爲是一爲是三。和上答。是一不三。
無憶是戒。無念是定。莫妄是惠。又云。念不起戒門。念不起是定
門。念不起惠門。無念即戒定惠具足。相公又問。既一妄字爲是亡
下女。爲是亡下心。和上答云。亡下女。有證處否。和上又引法句
經云。說諸精進法。爲增上慢說。若無增上慢。無善無精進。若起
精進心。是妄非精進。若能心不妄。精進無有涯。相公聞說白和上。
見庭前樹否。和上答見。相公又問。向後牆外有樹見否。和上答見。

124

非論前後。十方世界悉見悉聞。庭前樹上鵶鳴。相公又問和上。聞否。和上答。此見聞覺知。是世間見聞覺知。維摩經云。若行見聞覺知。即是見聞覺知。無念即無見。無念即無知。為眾生有念。假說無念。正無念之時。無念不自。又引金剛經云。尊者大覺尊。說生無念法。無念無生心。心常生不滅。又引維摩經云。不行是菩提。無憶念故。常求無念。實相知惠。楞伽經云。聖者內所證。常住於無念。佛頂經云。阿難汝舉心。塵勞先起。又云。見猶離見。見不能及。思益經云。云何一切法正。云何一切法邪。若以心分別。一切法邪。若不以心分別。一切法正。無心法中。起心分別。並皆是邪。楞伽經云。見佛聞法。皆是自心分別。不起見者。是名見佛。相公聞說頂禮和上。白和上云。鴻漸聞。和上未下山日。鴻漸向淨泉寺寧國寺觀金和上蹤跡。是大善知識。即知釖南更合有善知識。鴻漸遍問諸師僧金和上三句語及妄字。皆云。亡下作心三句語各別不決。弟子所疑。鴻漸問諸軍將。釖南豈無真僧。無有一人缸對得者。節度副使牛望仙秦逖齊語諮鴻漸。說和上德業深厚。所以遠迎。伏願和上不捨慈悲。與三蜀蒼生。作大良緣。語訖頂禮。弟子公事有限。為僕射諸節度副使得未禮拜和上。鴻漸未離釖南。每日不離左右。語已辭去。僕射知相公歡喜云。和上不可思議。即共任夫人及節度軍將。頂禮和上。起居問訊訖。坐定處分。都押衙放諸軍將同聽。和上說法時。有無盈法師。清涼原法師。僧中俊哲。在眾而坐。和上引佛頂經云。阿難。一切眾生。從無始已來。種種顛倒。業種自然。如惡又聚。諸修行人。不能得成無上菩提。乃至別成聲聞緣覺。及成外道諸天魔王眷屬。皆由不知二種根本錯亂修習。猶如煮沙欲成嘉饌。縱經塵劫。終不能得。云何二種。阿難。
一者無始生死根本。則汝今與諸衆生用攀緣心爲自性。二者無始
菩提涅槃無清淨體。則汝今者識精無明能生諸緣。緣所遺者。由
失本明。雖終日行。而不自覺。在入諸趣。和上又說。一切衆生本
來圓滿。上至諸佛。下至一切含識。共同清淨性。爲衆生一念妄心。
即染三界。爲衆生有念。假說無念。有念若無。無念不自。無念即
無生。無念即無滅。無念即無愛。無念即無取。無念即無捨。無念
即無高。無念即無下。無念即無男。無念即無女。無念即無是。無
念即無非。正無念之時。無念不自。心生即種種法生。心滅即種種
法滅。如其心然。罪垢亦然。諸法亦然。正無念之時。一切法皆是
佛法。無有一法離菩提者。又云。因妄有生。因妄有滅。生滅云妄。
滅妄名真。是真如來無上菩提及大涅槃。和上說法已。儼然不動。
僕射聞說合掌白和上。肝是地主。自合遠迎。爲公事不獲。願和上
勿責。肝先是西上兵馬使。和上在白崖山蘭。若無是當家。若有所
須專差循前虞侯𥁐承和上。和上云。修行般若波羅蜜。百無所須。
又云。汝但辦心。諸天辦供。何等心辦。不求心。不貪心。不愛心。
不染心。梵天不求。梵天自至。果報不求。果報自至。無量珍寶不
求自至。又云。知足大富貴。少欲最安樂。僕射聞和上說。合掌頂
禮。清原法師作禮白和上。小師一聞法已。疑網頓除。今投和上。
願慈悲攝受。無盈法師據傲懍然色變。和上問無盈法師。識主客
否。無盈法師答。引諸法相。廣引文義。和上云。法師不識主客。強
認前塵以流注生滅心。自爲知解。猶如煮沙欲成嘉饌。計劫只成熱
沙。只是自誑誑他。楞伽經云。隨言而取義。建立於諸法。已彼建

126

立故。死墮地獄中。無盈法師聞說側身偏坐。和上問法師。無記有幾種。法師答。異熟無記。變易無記。工巧無記。威儀無記。和上又問。何者是有記。法師答。第六意識是有記。和上云。第六意識是顛倒識。一切衆生不出三界。都由意識。意不生時。即超三界。剃頭剃髮盡是佛弟子。不須學有記。不可學無記。今時法師盡學無記。不住大乘。云何是大乘。內自證不動。是無上大乘。我無上大乘。超過於名言。其義甚明了。愚夫不能覺。覺諸情識空寂無生。名之爲覺。無盈法師杜口無詞。和上云。無記有二種。一者有覆無記。二者無覆無記。第六意識至眼等五識。盡屬有覆無記。第六意識已下至第八識。盡屬無覆無記。並是強名言之。又加第九識。是清淨識。亦是妄立。和上引楞伽經云。八九種種識。如海衆波浪。習氣常增長。槃根堅固依。心隨境界流。如鐵於磁石。如水瀑流盡。波浪即不起。如是意識滅。種種識不生。種種意生身。我說爲心量。得無思相法。佛子非聲聞。無盈法師聞說。唯稱不可思議。和上又問。楞伽經云。已楔出楔。此義云何。無盈法師答。譬如擗木。先以下大楔。即下小楔。令出大楔。和上報法師。既小楔出大楔。大楔既出。小楔還在。云何以楔出楔。法師更無詞敢對。和上即解楔喻衆生煩惱。楔假諸佛如來言教。楔煩惱既無。法即不自。譬如有病然與處方。病若得愈。方藥並除。今法師執言教法。如病人執方而不能服藥。不捨文字。亦如楔在木中。楞伽經云。譬如以指指物。小兒觀指。不觀於物。隨言說指。而生執著。乃至盡命。終不能捨文字之指。和上又問法師三寶四諦義。又問三身義。法師更不敢對。唯稱不可思議。僕射聞說法已。倍加歡喜。弟子當日恐和上久

在山門畏祉。對相公不得深憂直緣。三川師僧無有一人祉對相公
意者。相公一見和上。向弟子說。真實道者。天然特達。與諸僧玄
殊。讚不可思議。弟子聞相公說。喜躍不已。弟子有福登時無憂。
諸軍將並皆喜慰。不可言說。頂禮。時有東京體無師。僧中俊哲。
處處尋師。戒律威儀及諸法事。聰明多辯。亦稱禪師。是聖善寺弘
政禪師弟子。共晉原竇承郍李去泰青城蘇判官周洽等。尋問和
上。直至禪堂。和上見來相然諾已各坐。體無問和上。是誰弟子。
是誰宗旨。和上答。是佛宗旨。是佛弟子。和上報。闍梨削髮被衣
即是佛弟子。何用問。師宗旨依了義經。不依不了義經。有疑任意
問。體無知和上是金和上弟子。乃有毀言。希見釼南。人不起心。
禪師打人云不打。嗔人云不嗔。有施來受言不受。體無深不解此
事。和上答。修行般若波羅蜜。不見報恩者。不見作恩者。已無所
受。未具。佛法亦不滅受。無住從初發心迄至于今。未曾受一毛髮
施。體無聞說。視諸官人云。禪師言語大曷。和上問體無。闍梨口
認禪師。云何起心打人。起心嗔人。起心受施。體無自知失宗旨。
瞿然失色。量久不語。問和上。解楞伽經否。和上答。解是不解。諸
官人相黨語和上。禪師但說。何用相詰。和上報諸官人。若說恐諸
人不信。諸官人答言。信和上即說我。若具說。或有人聞。心則狂
亂。狐疑不信。即引楞伽經云。愚夫樂妄說。不聞真實惠。言說三
苦因。真是滅苦因。言說即變異。真是離文字。於妄相心境。愚生
二種見。不識心及緣。即起二妄相。了心及境界。妄相即不生。體
無救義引法華經有三乘。和上引楞伽經云。彼愚癡人。說有三乘。
不說唯心。無諸境界。心無覺知。生動念即魔網。又引思益經云。

128

云何一切法正。云何一切法邪。若以心分別。即一切法邪。若不以心分別。一切法正。無心法中。起心分別。並皆是邪。有惠憶禪師。時人號李山僧。問和上云。以北禪師云何入作。和上答禪師。亦不南亦不北。亦不入作亦不出作。沒得沒失。不流不注。不沈不浮。活鱍鱍。惠憶聞已合掌叩頭而坐。有義淨師。處默師。唐蘊師。並是惠明禪師弟子。來欲得共和上論說佛法。和上見問。闍梨解何經論。唐蘊師答。解百法。曾爲僧講。和上請。唐蘊答。內有五箇無爲。外有五箇有爲。攝一切法。和上引楞伽經云。有爲及無爲。若諸修行者。不應起分別。經經說妄相。終不出於名。若離於言說。亦無有所說。唐蘊語義淨師。請闍梨更問。義淨即問和上。禪師作勿生坐禪。和上答。不生只沒禪。義淨自不會。問處默。此義云何。處默亦不會。更令義淨師別問。和上知不會。遂問義淨。闍梨解何經論。答。解菩薩戒。曾爲僧講。和上問。戒以何爲體。以何爲義。義淨無詞可對。便出穢言。非我不解。直爲試爾。如似異沒禪。我嫌不行。處默連聲。我嫌爾鈍不作。我嫌悶不行。我嬾嫌不作。我慵嫌不入。和上語諸僧。如如之理具一切智。無上大乘超過於名言。其義甚明了。愚夫不覺知。無住與諸闍梨說一緣起。有聚落。於晨朝時。有姟子啼叫。聲隣人聞就看。見母嗔打。隣人問。何爲打。母答。爲尿床。隣人叱母。此子幼稚。何爲打之。又聞一啼哭聲。隣人聞就問。見一丈夫。年登三十。其母以杖鞭之。隣人問。緣何鞭。母答。尿床。隣人聞說。言老漢多應故尿。直須打。如此僧等類。譬如象馬攏悷不調。加諸楚毒。乃至徹骨。和上再爲說。欲求寂滅樂。當學沙門法。無心離意識。是即沙門法。諸闍梨削髮披衣自言。我是佛弟子。不肯學沙門法。只言慵作嬾作。嫌鈍不入。此非沙門釋子。是野干之類。佛有明文。未來世當有著袈裟。妄說於有。毀壞我正法。譬如以指指物。愚癡凡夫觀指。不觀物。隨言說指。而生執著。乃至盡命。終不能捨文字之指。隨言而取義。建立於諸法。以彼建立故。死墮地獄中。諸僧聞說。忙然失色辭去。西京勝光寺僧淨藏師聞和上不可思議。遠投和上。和上問。云何知不可思議。淨藏師答。知金和上衣鉢傳授和上。和上問。云何知。淨藏答。僧俗咸言云和上嫡嫡相傳授得金和上法。小師多幸有福得遇和上。說已作禮。和上問。先學何經論。答。小師曾看維摩章疏。亦學坐禪。是太白宗旨。和上即爲說法。無憶是道。不觀是禪。師不取不捨。境來亦不緣。若看章疏。即是相念喧動。若學太白宗旨。宗旨坐禪即是意相攀緣。若欲得此間住。一生來所學者盡不得在心。問淨藏得否。答得。和上慈悲指授一取和上規模。和上觀淨藏堪爲法器。即再爲說法。一物在心。不出三界。有法是俗諦。無性第一義。離一切諸相。即名諸佛。無念即無相。有念即虛妄。無念出三界。有念在三界。無念即無是。無念即無非。無念即無自。無念即無他。自他俱離。成佛菩提。正念之時。無念不自。淨藏聞說歡喜踊躍。即請和上。改法號名超藏。不離左右扶持。隴州開元寺覺禪師弟子知一師。時人號質直僧。來投和上。和上問。汝從何來。知一師答。從隴州來。和上問。是誰弟子。知一師答。覺和上弟子。覺和上是誰弟子。是老福和上弟子。和上云。說汝自修行地看。知一師即呈本師教云。看淨。和上即爲說法。法無垢淨。云何看淨。此間淨由不立因。何有垢。看淨即是垢。看垢即是淨。妄相是垢。

130

無妄相是淨。取我是垢。不取我是淨。無念即無垢。無念即無淨。
無念即無是。無念即無非。無念即無自。無念即無他。自他俱離。
成佛菩提。正自之時。自亦不自。知一師聞說。言下悟。於說法處。
更不再移。和上見知一師志性淳厚有忠孝心。便爲改號名超然。不
離左右。樂行作務。登州忠信師博覽詩書。釋性儒雅。捨諸事業。
來投和上。忠信是海隅邊境。遠投和上。語已作禮。和上。道無遠
近。云何言遠近。忠信啟和上。生死事大。聞和上又大慈悲。故投
和上。不緣衣食。伏願和上照察。和上問。學士多足思慮。若欲捨
得任住此間。忠信答云。願聞道死可矣。身命不惜。何但文字。和
上即爲說法。尊者大覺尊。說生無念法。無念無生心。心常生不滅。
於一切時中自在。勿逐勿轉。不浮不沈。不流不注。不動不搖。不
來不去。活鱍鱍行坐。行坐總是禪。忠信聞。儼然不動。和上見已。
即悟解大乘。改名號超寂。山中常祕密夜即坐禪。不使人知。明即
却來舊處。有法輪法師。解涅槃章疏。博學聰明。傍顧無人。自言
第一。故就山門。共和上問難。遙見和上神威奇特與諸僧不同。法
輪師向前作禮。問訊起居。和上遙見。知是法師。即遣坐。坐已和
上問。法師解何經論。答。解涅槃經。和上問。云何解涅槃經。法師
即引諸章疏。和上說云。非是涅槃經。此並是言說。言說三界本。
真實滅苦因。言說即變異。真是離文字。高貴德王菩薩問。世尊云
何名大涅槃。佛言。盡諸動念。思想心息。如是法相。名大涅槃。云
何言說妄相已爲涅槃。若如此說即是不解。云何言解涅槃。法輪聞
說。無詞敢對。和上云。有法是俗諦。無性第一義。言解即是繫。聰
明是魔施設。無念即無繫。無念即無縛。無念是涅槃。有念是生死。

無念即聰明。有念是暗鈍。無念即無彼。無念即無此。無念即無佛。
無念無眾生。般若大悲智。無佛無眾生。無有涅槃佛。亦無佛涅槃。
若明此解者。是真解者。若不如此解。是著相凡夫。法輪師聞說。
啟顙歸依。小師傳迷日久。今日得遇和上。暗眼再明。伏願和上慈
悲攝授。綏州禪林寺僧兄弟二人。並是持法華經。時人號史法華。
兄法名一行師。弟名惠明師。來投。和上問。從何處來。先學何教
法。惠明云。從綏州來。持法華經。日誦三遍。和上問。安樂行品。
一切諸法。空無所有。無有常住。亦無起滅。是名智者親近處。惠
明等說已。小師迷沒。只解依文誦習。未識義理。伏願和上接引盲
迷。和上即為說法。諸法寂滅相。不可以言宣。是法不可示。言詞
相寂滅。離相滅相。常寂滅相。終歸於空。常善入於空寂行。恒沙
佛藏一念了知。若欲得坐山中。更不誦習。常閑燈燈。能否。惠明
等兄弟知誦習是不究竟。故投和上。和上即為再說。無念即無生。
無念即無遠。無念即無近。無念即是史法華。又念即是法華史。無
念即是轉法華。有念即是法華轉。正無念之時。無念不自。惠明等
聞已。心意決然。便住山中。常樂作務。慶州慕容長史夫人并女。
志求大乘。舉家大小並相隨。來禮拜和上。和上問夫人。從何處來。
答。弟子遠聞和上有大慈悲。故來禮拜。和上即為說種種法要。其
女聞說。合掌跀跪。啟和上。弟子女人。三障五難。不自在身。今故
投和上。擬截生死源。伏願和上指示法要。和上語云。若能如此。
即是大丈夫兒。云何是女。和上為說法要。無念即無男。無念即無
女。無念即無障。無念即無礙。無念即無生。無念即無死。無正念
之時。無念不自。即是截生死源。女人聞說。目不瞬。立不移處。食

頃間。和上知此女人有決定心。與法號名常精進。母號正遍知。落髮修行。尼師中爲道首。後引表妹。是蘇宰相女。聰明點惠。博學多知。問無不答。來禮拜和上。和上見有剛骨志操。即爲說法。是法非因非緣。非無不非無。是非離一切相。即一切法。法過眼耳鼻舌身心。法離一切觀行。無念即無行。無念即無觀。無念即無身。無念即無心。無念即無貴。無念即無賤。無念即先高。無念即無下。正無念之時。無念不自。女人聞說。合掌白和上。弟子女人罪障深重。今聞法已。垢障消除。語已悲泣雨淚。便請法號了見性。得號已。自落髮披衣。尼師中爲道首。誰人報佛恩。依法修行者。誰人銷供養。世事不牽者。誰人堪供養。於法無所取。若能如此行。自有天厨供養。和上向諸弟子說。攝己從他。萬事皆和。攝他從己。萬事競起。又說偈。一念毛輪觀自在。勿共同學諍道理。見境即是丈夫兒。不明同即畜生類。但修自己行。莫見他邪正。口意不量他。三業自然淨。欲見心佛國。普敬真如性。善男子於悋惜心盡。即道眼心開明如日。若有毛輪許惜心者。其道眼即被翳障。此是黑暗之大坑。無可了了實知難出。又說偈。我今意況漸好。行住坐臥俱了。看時無物可看。畢竟無言可道。但得此中意況。高杠木枕到曉。和上所引諸經了義直旨心地法門。並破言說。和上所說說不可說。今願同學但依義修行。莫著言說。若著言說。即自失修行分。金剛經云。若取法相。即著我人衆生。若取非法相。即著我人衆生。是故不應取法。不應取非法。以是義故。如來常說。汝等比丘知我說法如筏喻者。法尚應捨。何況非法。華嚴經云。譬如貧窮人。日夜數他寶。自無一錢分。於法不修行。多聞亦如是。如聾人設音樂。

彼聞自不聞。於法不修行。多聞亦如是。如盲設衆象。彼見自不見。
於法不修行。多聞亦如是。如飢設飯食。彼飽自腹餓。於法不修行。
多聞亦如是。譬如海船師。能渡於彼岸。彼去自不去。於法不修行。
多聞亦如是。法句經云。說食之人。終不能飽。佛頂經云。阿難縱
強記。不免落邪見。思覺出思惟。身心不能及。歷劫多聞。不如一
日修無漏法。方廣經云。一念亂禪定。如殺三千界。滿中一切人。
一念在禪定。如活三千界。滿中一切人。維摩經云。心不住內。亦
不在外。是爲宴坐。若能如此者。佛即印可。無以生滅心說實相法。
法過眼耳鼻舌身心。法離一切觀行。法相如是。豈可說乎。是故文
殊師利菩薩讚維摩詰。無有言說。是真入不二法門。和上說無念
法。法本不自。又云。知見立知即無明本。智見無見思即涅槃無漏
真淨。又破知病。知行亦寂滅。是即菩提道。又破智病。智求於智
不得。知亦無得。已無所得。即菩提薩埵。又云。圓滿菩提歸無所
得。無有少法可得。是名阿耨多羅三藐三菩提。又破病本。云何爲
本。一切衆生本來清淨。本來圓滿。有本即有利。故心有採集。識
家得便。即輪迴生死。本離離他。即無依止。己他俱利。成佛菩提。
佛無根境相。不見名見佛。於畢竟空中。熾然建立。又破淨病。涅
槃相病。自然病。覺病。觀病。禪病。法病。若住此者。即爲有住病。
法不垢不淨。亦無涅槃佛。法離觀行。超然露地坐。識蘊般涅槃。
遠離覺所覺。不入三昧。不住坐禪。心無得失。又破一病。一亦不
爲一。爲一破諸數。一根既返源。六根成解脫。制之一處。無事不
辦。參羅及萬像。一法之所印。一本不起。三用無施。其心不計。是
有力大觀。汝等當離己衆他衆。己即是自性。他即是妄念。妄念不

生。即是自他俱離。成佛菩提。和上每說言。有緣千里通。無緣人對面不相識。但識法之時。即是見佛。此諸經了義經。和上坐下。尋常教戒諸學道者。恐著言說。時時引稻田中螃蟹問。衆人不會。又引王梵志詩。惠眼近空心。非開髑髏孔。對面說不識。饒爾母姓董。有數老人。白和上。弟子盡有妻子男女眷屬。整捨投和上學道。和上云。道無形段可修。法無形段可證。只沒閑不憶不念。一切時中總是道。問老人得否。老人默然不對。爲未會。和上又說偈。婦是沒耳枷。男女蘭單杻。爾是沒價奴。至老不得走。又有釰南諸師僧。欲往臺山。禮拜辭和上。和上問言。大德何處去。僧答。禮文殊師利。和上云。大德佛在身心。文殊不遠。妄念不生。即是見佛。何勞遠去。諸師僧欲去。和上又與說偈。迷子浪波波。巡山禮土坡。文殊只沒在。背佛覓彌陀。和上呷茶次。是日幕府郎官侍卿三十人。禮拜訖坐定問和上。大愛茶。和上云是。便說茶偈。幽谷生靈草。堪爲入道媒。樵人採其葉。美味入流坏。靜虛澄虛識。明心照會臺。不勞人氣力。直聳法門開。諸郎官因此問和上。緣何不教人讀經念佛禮拜。弟子不解。和上云。自證究竟涅槃。亦教人如是。不將如來不了教。迴自己解已悟初學。即是人得直至三昧者。和上說訖。儼然不動。諸郎官侍鄉咸言未曾有也。問和上。緣何不教事相法。和上答。大乘妙理至理空曠。有爲衆生而不能入經教旨。衆生本性見性即成佛道。著相即沈輪。心生即種種法生。心滅即種種法滅。轉經禮拜皆是起心。起心即是生死。不起即是見佛。又問和上。若此教人得否。和上云。得。起心即是塵勞。動念即是魔網。一切有爲法。如夢幻泡影。如露亦如電。應作如是觀。諸官聞說。疑網頓除。咸言爲弟子。又有道士數十人。山人亦有數十人。
法師律師論師亦有二十人。皆釽南領袖。和上問道士云。道可道
非常道。名可名非常名。豈不是老君所說。道士云是。和上云。尊
師解此義否。道士默然無對。和上又問。爲學日益。爲道日損。損
之有。損之已。至於無爲。無爲無不爲。又問。莊子云。生生者不
生。殺生者不死。道士盡不敢對。和上云。時今道士無有一人學君
老者。只學謗佛。道士聞已失色合掌。和上又問山人。夫子說易否。
山人答說。又問。夫子說仁義禮智信否。答言說。又問。易如何。山
人並不言。和上即爲說易言。無思也。無爲也。寂然不動。感而遂
通。此義如何。山人不敢對。和上更說云。易不變不易。是衆生本
性。無思也。無爲也。寂然不動。是衆生本性。若不變不易。不思不
相。即是行仁義禮智信。如今學士不見本性。不識主客。強認前塵。
已爲學問。大錯。夫子說無思無爲大分明。山人問和上。感即遂通
義如何。和上云。梵天不求。梵天自至。果報不求。果報自至。煩惱
已盡。習氣亦除。梵釋龍神咸皆供敬。是故如來入城乞食。一切草
木皆悉頭低。一切山河皆傾向佛。何況衆生。此是感而遂通也。山
人一時禮拜和上。並願爲弟子。和上又問道士云。上得不失得。是
以有得。下得以不失得。是以無得。此義如何。道士云。請和上爲
說。和上云。上得之人無所得心。爲無所得。即是菩提薩埵。無有
少法可得。是名阿耨多羅三藐三菩提。即是上得之義。下得不失
得。是以無得。下得之人爲有所求。若有所求。即有煩惱。煩惱之
心即是失得。此是失得之義也。又云。爲學日益。爲道日損。若有
學人。惟憎塵勞生死。此是不益也。爲道日損。損之有。損之已。至

於無爲。無爲無不爲。道即本性。至道絕言。妄念不生。即是益之。觀見心王時。一切皆捨離。即是有益之。以至於無爲。性空寂滅時。是法是時見。無爲無不爲。即是不住無爲。修行無起。不以無起爲證。修行於空。不以空爲證。即是無不爲義也。又莊子云。生生者不生。妄念不起。即是不生。殺生者不死。不死義也。即是無生。又云。道可道非常道。即是衆生本性。言說不及。即是非常道。名可名非常名。亦是衆生本性。但有言說。都無實義。但名但字。法不可說。即非常名也。道士聞說已合掌問和上。若依此說。即是佛道無二。和上言。不然。莊子老子盡說無爲無相。說一。說淨。說自然。佛即不如。此說。因緣自然俱爲戲論。一切賢聖。皆以無爲法。而有差別。佛即不住無爲。不住無相。以住於無相。不見於大乘。二乘人三昧酒醉。凡夫人無明酒醉。聲聞人住盡智。緣覺人住寂淨智。如來之智惠生起無窮盡。莊老夫子說與共聲聞等。佛呵聲聞人。如盲如聾。預流一來果不還阿羅漢。是等諸聖人其心悉迷惑。佛即不墮衆數。超過一切。法無垢淨。法無形相。法無動亂。法無處所。法無取捨。是以超過孔丘莊老子。佛常在世間。而不染世法。不分別世間。故敬禮無所觀。孔丘所說多有所著。盡是聲聞二乘境界。道士作禮。盡爲弟子。默然信受聽法。又問諸法師。云何是佛寶。云何是法寶。云何是僧寶。法師默然不語。和上說云。知法即是佛寶。離相即是法寶。無爲即是僧寶。又問法師。法無言說。云何說法。夫說法者。無說無示。其聽法者。無聞無得。無法可說。是名說法。常知如來。不說法者。是名具足多聞。法師云何說法。法師答。般若有三種。一文字般若。二實相般若。三觀照般若。和上答。一切諸文字。無實無所依。俱同一寂滅。本來無所動。我法無實無虛。法離一切觀行。諸法師互相視面。無詞可言。和上問律師。云何是戒律。云何是決定毘尼。云何是究竟毘尼。戒以何爲體。律以何爲義。律師盡不敢。答和上問律師。識主客否。律師云。請和上爲說主客義。和上答。來去是客。不來去是主。相念無生。即沒主客。即是見性。千思萬慮。不益道理。徒爲動亂。失本心王。若無思慮。即無生滅。律是調伏之義。戒是非青黃赤白。非色非心。是戒體。戒是衆生本。衆生本來圓滿。本來清淨。妄念生時。即背覺合塵。即是戒律不滿足。念不生時。即是究竟毘尼。念不生時。即是決定毘尼。念不生時。即是破壞一切心識。若見持戒。即大破戒。戒非戒二是一相。能知此者。即是大道師。見犯重罪比丘。不入地獄。見清淨行者。不入涅槃。若住如是見。是平等見。今時律師。說觸說淨。說持說犯。作想受戒。作相威儀。及以飯食皆作相。假使作相。即與外道五通等。若無作相。即是無爲。不應有見。妄相是垢。無妄相是淨。取我是垢。不取我是淨。顛倒是垢。無顛倒是淨。持犯但束身。非身無所觸。非無遍一切。云何獲圓通。若說諸持戒。無善無威儀。戒相如虛空。持者爲迷倒。心生即種種法生。心滅即種種法滅。如其心然。罪垢亦然。諸法亦然。今時律師。只爲名聞利養。如貓覓鼠。細步徐行。見是見非。自稱戒行。此並是滅佛法。非沙門行。楞伽經云。未來世當有身著袈裟。妄說於有無。毀壞我正法。未來世於我法中而爲出家。妄說毘尼。壞亂正法。寧毀尸羅。不毀正見。尸羅生天。增諸結縛。正見得涅槃。律師聞說。惶悚失色。戰慄不安。和上重說。離相。滅相。常寂滅相。終歸於空。常善

入於空寂行。恒沙佛藏一念了知。佛只許五歲學戒。五歲已上捨小
乘師。訪大乘師。學無人我法。若不如此。佛甚呵責。律師聞已。疑
網頓除。白和上。小師傳迷日久。戒律盡捨。伏願慈悲攝受。一時
作禮雨淚而泣。和上云。不憶不念。一切法並不憶。佛法亦不憶。
世間法亦不憶。只沒閑。問得否。律師咸言得。和上云。實若得時。
即是真律師。即是見性。正見之時。見猶離見。見不能及。即是佛。
正見之時。見亦不自。和上更爲再說。起心即是塵勞。動念即是魔
網。只沒閑。不沈不浮。不流不轉。活鱍鱍。一切時中。總是禪。律
師聞已。疑躍歡喜。默然坐聽。和上問諸法師。論師作何學問。論
師答。解百法。和上說。解百法。是一百箇計。總不解是無計。無計
即無念。無念即無受。無念即無自。無念即無他。爲衆生有念。假
說無念。正無之時。無念不自。又問論師。更解何經論。答。解起信
論。和上說云。起即不信。信即不起。又問。論師以何爲宗。論師不
語。和上云。摧邪顯正爲宗。論云。離言說相。離名字相。離名緣
相。離念相者。等虛空遍法界無所不遍。如今論師。只解口談藥方。
不識主客。以流注生滅心解經論。大錯。論云。離言說即著言說。
離名字即着名字。只解渾喫餬子。不知棗素。楞伽經云。乃至有心
轉。是即爲戲論。不起分別者。是人見自心。以無心意無受行。而
悉摧伏諸外道。達諸法相無罣礙。稽首如空無所依。論師聞說。合
掌作禮。又有道幽師。旻法師。冠律師。法名嗣遠。問和上。禪門經
云。貪著禪味。是菩薩縛。和上答。諸法師取相著相。是衆生繫。又
經云。鈍根淺智人。著相憍慢者。如斯之等類。云何而可度。和上
言。經云。離相。滅相。常寂滅相。律師法師。總違佛教。著相取相。

妄認前塵。以爲學問。以犬逐塊。塊即增多。無住即不如此。如師
子放塊尋人。塊即自息。相念喧動。懷其善根。悟性安禪。即無漏
智。若於外相求。縱經塵劫。終不能得。於內覺觀。刹那頃便成阿
耨多羅三藐三菩提。又時有廣慶師。悟幽師。道宴師。大智師。已
上師僧並是堅成禪師弟子。來至和上坐下。和上呼茶次。悟幽師
向和上說。呼茶三五椀合眼坐。恰似壯士把一瘦人腰急睦睦地大
好。和上語悟幽師。莫說閑言語。永淳年不喫泥餺飩。悟幽師聞已
失色。和上云。阿師今將世間生滅心。測度禪。大癡愚。此是龍象
蹴踏。非驢所堪。和上語悟幽。無住爲說一箇話。有一人高堆阜上
立。有數人同伴路行。遙見高處人立。遞相語言。此人必失畜生。
有一人云失伴。有一人云探風涼。三人共諍不定。來至問堆上人。
失畜生否。答云不失。又問失伴。云亦不失伴。又問。探風涼否。云
亦不探涼。既總無。緣何得高立堆上。答只沒立。和上語悟幽師。
無住禪不沈不浮。不流不注。而實有用。用無生寂。用無垢淨。用
無是非。活鱍鱍。一切時中。總是禪。有雄俊法師。問和上。禪師入
定否。和上云。定無出入。又問。禪師入三昧否。答云。不入三昧。
不住坐禪。心無得失。一切時中。總是禪。又有隴州法緣師。俗姓
曹。遠聞和上。將母相隨至白崖山。禮拜和上。和上問。講說何經
論。答。講金剛般若波羅蜜經。和上問。用誰疏論。答。用天親無著
論暉壇達等師疏。和上問。經云。一切諸佛及諸佛阿耨多羅三藐
三菩提法。皆從此經出。云何是此經。黃蘗。是此經。紙是此經。法
緣師答云。實相般若。觀照般若。文字般若。和上答。一切諸文字。
無實無所依。俱同一寂滅。本來無所動。法離一切觀行。經云。我

法無實無虛。若言有所說法。即爲謗佛。法緣答。依章疏說。和上
語法緣師。天親無著暉壇等疏。何如佛說。法緣答不如。和上云。
既不如。緣何不依佛教。經云。離一切諸相。即名諸佛。若以色見
我。以音聲求我。是人行邪道。不能見如來。此經者即是此心。見
性成佛道。無念即見性。無念無煩惱。無念即無自。無念即無他。
無念即無佛。無念無眾生。正無念之時。無念不目。法師聞已合掌。
白和上。法緣多幸得遇和上。老親伏願慈悲攝受。便住山中。不離
左右。般若波羅蜜。不見報恩者。不見作恩者。無住行無緣。慈行
無願慈。行不熱慈。行無恩慈。亦不彼亦不此。不行上中下法。不
行有爲無爲。實不實法。不爲益不爲損。無大福無小福。以無所受
而授諸受。未具佛法。亦不滅受。若欲懺悔者。端坐念實相。無念
即實相。有念即虛妄。懺悔呪願皆是虛妄。和上說。誰人報佛恩。
依法修行者。誰人堪受供養。世事不牽者。誰人消供養。於法無取
者。無念即無取。無念即無垢。無念即無淨。無念即無繫。無念即
無縛。無念即無自。無念即無他。正無念之時。無念不自。無念即
般若波羅蜜。般若波羅蜜者是大神呪。是大明呪。是無上呪。是無
等等呪。能除一切苦。真實不虛。何其壇越拔妄相之源。悟無生之
體。卷重雲而朗惠日。業障頓祛。廓妄相以定心。寂然不動。真如
之義。非理非事。無生無滅。不動不寂。二諦雙照。即真見佛。檀越
但依此法。無慢斯須雖塞阻遙。即常相見無異也。儻違此理。流注
根塵。思慮競生。貪染過度。縱常對面。楚越難以喻焉。

— CBETA 漢文大藏經, (T) 第51冊 No.2075,
　歷代法寶記, 第1卷.

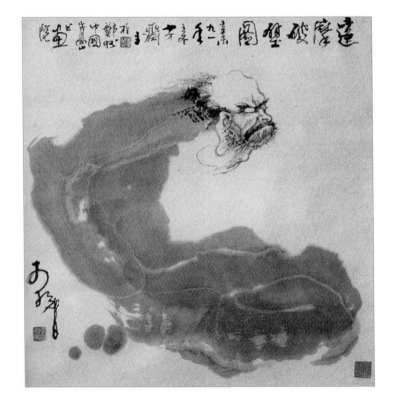

达摩破壁图 辛未年九秋中国画研究院作 郑昕写于中国画研究院

발문

부처님께서 입멸하신 후 보리달마가 전한 선종의 연꽃이 개화할 무렵, 오조홍인의 법맥을 이은 신라의 구법승 무상 김화상께서 중국에서 정중선법을 크게 펼치시고 티베트와 해동에도 불교를 전파하셨다.

무상화상은 두타행으로 오백나한에 드시고 인성염불과 무상오경전, 삼구설법으로 총지문을 열어 중생을 맑고 향기롭게 제도한 선문의 걸출한 선사이다.

그러나 지금 애석하게도 그 자취가 인멸하여 흩어진 지 어언 천이백여 년이란 장구한 시간이 흘렀다. 화상께서 밟으신 성스러운 행적을 좇아 순례하고 기록된 자취를 살펴 두려운 마음으로 삼가 졸고를 거두어 여기에 '정중무상행적송'이라 이름하여 세상에 펴낸다.

존모하는 지극한 정성을 드러내고자 했으나 감히 부끄러움이 하늘을 찌른다. 천박한 재주로 화상의 자취를 더럽혔을 뿐만 아니라 게다가 두려움을 모르는 까닭에 지옥에 떨어지리라.

엎드려 부처님의 법손으로 발원하오니 부디 화상의 거룩한 행적을 본받아 성불하게 하소서.

방장산, 초명암에서
원경 합장

정중무상행적송
SONG FOR ARHAT JEONGJUNG MUSANG

1판 1쇄 발행 · 2020년 11월 30일

지 은 이 · 원경(zenlotus3@gmail.com)
발 행 인 · 법만
발 행 처 · 사단법인 불교 정중종 총무원(중화동)
          서울시 중랑구 동일로 140길 100호
          법만사
전   화 · 02-433-6591~2
팩   스 · 02-435-6508
이 메 일 · jbm1203@hanmail.net
홈페이지 · www.bubmansa.com

제   작 · 도서출판 청어
등   록 · 1999년 5월 3일
(제321-3210000251001999000063호)

ISBN · 979-11-5860-914-6(03810)

이 도서의 국립중앙도서관 출판시도서목록(CIP)은 서지정보유통지원시스템 홈페이지
(http://seoji.nl.go.kr)와 국가자료공동목록시스템(http://www.nl.go.kr/kolisnet)
에서 이용하실 수 있습니다.(CIP제어번호: CIP2020048946)